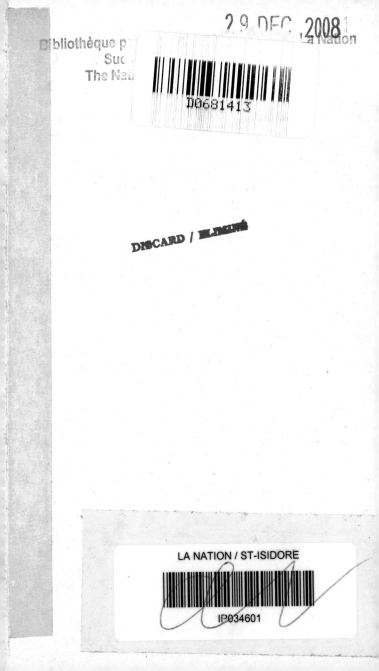

LEONIS
L'Offrande suprême

Dans la série Leonis

Leonis, Le Talisman des pharaons, roman, 2004.

Leonis, La Table aux douze joyaux, roman, 2004.

Leonis, Le Marais des démons, roman, 2004.

Leonis, Les Masques de l'Ombre, roman, 2005.

Leonis, Le Tombeau de Dedephor, roman, 2005.

Leonis, La Prisonnière des dunes, roman, 2005.

Leonis, La Libération de Sia, roman, 2006.

Leonis, Les Gardiens d'outre-tombe, roman, 2006.

Leonis, Le Royaume d'Esa, roman, 2007.

Leonis, L'Île des Oubliés, roman, 2007.

Leonis, Le Temple des Ténèbres, roman, 2008.

Roman pour adultes chez le même éditeur

Le Livre de Poliakov, roman, 2008 [2002].

MARIO FRANCIS

Leonis
L'Offrande suprême

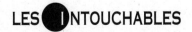

Les Éditions des Intouchables bénéficient du soutien financier de la SODEC et du Programme de crédits d'impôt du gouvernement du Québec.
Nous remercions le Conseil des Arts du Canada de l'aide accordée à notre programme de publication.
Nous reconnaissons l'aide financière du gouvernement du Canada par l'entremise du Programme d'aide au développement de l'industrie de l'édition (PADIÉ) pour nos activités d'édition.

ASSOCIATION NATIONALE DES ÉDITEURS DE LIVRES Membre de l'Association nationale des éditeurs de livres.

LES ÉDITIONS DES INTOUCHABLES
4701, rue Saint-Denis
Montréal, Québec
H2J 2L5
Téléphone : 514-526-0770
Télécopieur : 514-529-7780
www.lesintouchables.com

DISTRIBUTION : PROLOGUE
1650, boulevard Lionel-Bertrand
Boisbriand, Québec
J7H 1N7
Téléphone : 450-434-0306
Télécopieur : 450-434-2627

Impression : Transcontinental
Maquette de la couverture et logo : Benoît Desroches
Infographie : Geneviève Nadeau
Illustration de la couverture : Emmanuelle Étienne

Dépôt légal : 2008
Bibliothèque et Archives nationales du Québec
Bibliothèque nationale du Canada

ISBN : 978-2-89549-338-9

1
LE SANG DES HYÈNES

Depuis que Baka avait fait bâtir son temple au sein même de l'œuf gigantesque du dieu Apophis, de bien effroyables rituels s'y étaient déroulés. Les hurlements à faire frémir d'un nombre considérable de sacrifiés avaient retenti sous le dôme vertigineux qui surplombait le sanctuaire souterrain. Le sable de l'arène s'était abreuvé du sang de ces malheureuses victimes offertes au grand serpent. La ferveur frénétique des ennemis de la lumière avait longtemps fait vibrer cet endroit où, immuablement, la mort et l'horreur avaient régné. En ce matin qui succédait à l'offensive des combattants du lion[1], l'horreur et la mort étaient plus présentes que jamais dans le repaire des adeptes du mal. Sur la surface sablonneuse de l'arène, des centaines de cadavres ensanglantés gisaient côte à côte en rangées compactes. Ces corps étaient ceux

---

1. Voir Leonis tome 11, *Le Temple des Ténèbres*.

des adorateurs d'Apophis. La nuit leur avait été fatale. Leur maléfique lieu de culte était devenu leur tombeau.

L'assaut des combattants du lion avait été imparable. Surpris au beau milieu d'une cérémonie, les sujets désarmés du maître Baka n'avaient pu opposer qu'une bien piètre résistance. Captifs des remous tumultueux de la foule paniquée, ceux que l'on appelait « les Hyènes », ces redoutables guerriers d'élite des adorateurs d'Apophis, n'avaient même pas été en mesure de riposter efficacement. Lorsque, d'une flèche, le sauveur de l'Empire avait transpercé le cœur du chef des ennemis de la lumière, la nuit était encore jeune. Malgré tout, le triomphe des combattants du lion s'imposait déjà comme une évidence. Ces braves gaillards avaient néanmoins poursuivi leur charge meurtrière jusqu'aux premières lueurs de l'aube. Les ordres étaient formels : ils ne devaient faire aucun prisonnier. Les adeptes du grand serpent présents dans l'enceinte du sanctuaire avaient tous péri. Pour diverses raisons, certains sujets de Baka ne se trouvaient pas dans le temple durant l'attaque. Le sursis de ces scélérats avait cependant été de très courte durée ; puisque l'unique passage conduisant à l'air libre était surveillé par une cinquantaine de soldats, il leur avait été impossible de quitter le repaire. On les avait cherchés, débusqués et tués. Cette nuit-là, plus de huit cents adorateurs d'Apophis avaient trouvé la mort. La victoire des combattants du lion avait été impressionnante! Même s'il leur fallait déplorer la perte de quarante-deux des leurs, l'issue de la mission que ces jeunes gens venaient d'accomplir dépassait de loin leurs plus folles espérances.

En dépit de cet éclatant triomphe, personne n'avait envie de célébrer. Le calme régnait sous le dôme du Temple des Ténèbres. Tandis qu'ils s'affairaient à aligner les cadavres de leurs ennemis dans l'arène, les vainqueurs réalisaient à quel point leur attaque avait été destructrice. Leur peau était empourprée par le sang de leurs victimes. Leur regard évitait les yeux troubles et immobiles des morts; il était affolant d'évoluer parmi tous ces visages livides, figés dans une ultime expression de haine, de douleur ou d'effroi. Une odeur horrible planait sur le champ de bataille. Le sable n'avait plus soif: les pieds s'engluaient dans une boue tiède, visqueuse et rougeâtre. Heureusement, une trentaine de flambeaux éclairaient cette nécropole improvisée. Si, d'un seul souffle, les feux s'étaient tous éteints, il n'eût pas été exagéré de supposer que plusieurs des braves hommes qui allaient et venaient au beau milieu de cette scène de carnage eussent perdu leur sang-froid.

Quelques heures auparavant, un groupe de combattants du lion qui explorait le repaire était tombé en arrêt devant une entrée étroite, surveillée par deux gardes. Ces sentinelles étaient passées de vie à trépas sans même avoir eu le temps de brandir leur lance. Le passage donnait accès à une grande salle au plafond bas. Dans cette pièce, blottis les uns contre les autres comme des bêtes frileuses, se trouvaient plus de deux cents captifs en très piteux état. En interrogeant l'un d'eux, les soldats avaient appris que ces misérables, à ce point faibles et décharnés qu'il eût été absurde, en les observant, de songer à leur imposer la moindre corvée, étaient en fait des esclaves. Le blanc de leurs yeux était jaunâtre. Leur bouche édentée avait l'apparence d'une plaie envenimée. À chaque inspiration, leur ventre tendu comme une outre semblait sur le point d'éclater. Ces malheureux n'évoquaient presque plus rien de vivant. On eût dit des momies agitées de l'intérieur par quelque grouillante vermine. Parmi eux, il y avait des hommes, des femmes et des enfants. De prime abord, c'était leur taille qui permettait de distinguer les enfants des adultes. Pour le reste, ces gens-là ressemblaient tous à des vieillards. La seule image de cette tribu de mourants en disait long sur la cruauté de Baka et de ses hordes. Lorsque les esclaves avaient suivi leurs libérateurs jusqu'au centre de l'immense grotte où s'érigeait la magnifique façade du lieu de culte, tous les combattants du lion avaient pu les apercevoir. Depuis cet instant, les soldats qui avaient éprouvé du remords en songeant au massacre des adorateurs d'Apophis ne regrettaient plus rien. Un mépris sans mesure avait balayé la culpabilité de leur cœur. Le commandant Menna avait chargé quelques hommes de prendre soin des affranchis. Cette tâche paraissait insensée; il arrive un moment où le corps finit par renoncer à s'insurger contre les privations qu'on lui fait subir. Ces malheureux avaient oublié ce qu'était la faim. Leurs entrailles étaient atrophiées. Or, il eût été dangereux de les forcer à ingurgiter trop de nourriture. L'espoir de leur procurer le moindre soulagement semblait vain. L'un des gaillards qui avaient été désignés pour veiller sur eux avait éclaté en sanglots. À un camarade qui s'efforçait de le consoler, il avait dit: «Ils ne pourront jamais survivre... Aucun homme juste ne laisserait des animaux souffrir ainsi... Si nous avions trouvé des bêtes aussi malades et affamées que ces pauvres gens, le plus honorable des gestes aurait été de les abattre.» Certes, une très grande tristesse avait inspiré cette remarque. Ce vaillant combattant n'éprouvait aucun désir d'achever les esclaves, même si leurs yeux éteints regardaient déjà au-delà des frontières de la vie, et même si chacun d'entre eux semblait appeler de tous ses vœux la délivrance du trépas.

Tandis que la majeure partie des guerriers s'affairait à la disposition des corps, quelques patrouilles de soldats avaient été affectées à l'exploration rigoureuse de l'impressionnant réseau souterrain aménagé par les ennemis de la lumière. Les autres — ils étaient environ cinquante — se chargeaient d'établir un campement au centre du petit village construit à proximité du temple. Les combattants du lion demeureraient quelques jours dans le repaire des adorateurs du grand serpent. Déjà, un messager était en route pour Memphis. Il se rendait auprès de Pharaon pour lui annoncer que Baka et ses sujets avaient été massacrés. Lorsqu'il serait mis au fait de cette extraordinaire réussite, Mykérinos exprimerait assurément le désir de visiter le repaire des vaincus. Dans le cas contraire, le commandant Menna avait ordonné à l'émissaire d'insister; le roi devait voir le sang qui avait été versé dans un suprême espoir de sauver son empire. Il devait contempler tous les cadavres de ces hommes qui s'étaient dévoués à la cause néfaste de leur chef. Car si, seize ans plus tôt, lorsqu'il avait chassé son cousin profanateur du divin trône d'Égypte, Mykérinos n'avait pas eu la faiblesse de lui laisser la vie sauve, Baka n'eût jamais pu donner naissance à une telle armée. Le maître des Deux-Terres[2] devait être hanté par le souvenir du tableau horrible que constituait la multitude de dépouilles gisant dans le sanctuaire. C'était dans ce but précis que Menna avait donné l'ordre de bien aligner les cadavres. Le jeune commandant révérait Pharaon, mais il jugeait que, depuis le début de son règne, ce dernier avait fait montre d'une inadmissible complaisance. Le temps était venu pour lui de constater l'horrifiant résultat de sa mollesse. De plus, il était clair que, sans les combattants du lion, les adorateurs d'Apophis n'eussent jamais été éliminés. Les piètres soldats du royaume eussent été incapables de se mesurer aux menaçantes troupes d'élite de Baka. Durant une année entière, plus de quatre cents jeunes hommes s'étaient exilés dans le Fayoum pour se consacrer corps et âme à l'entraînement. Ces braves avaient fait beaucoup de sacrifices. Afin de couronner dignement l'implacable

---

2. LES DEUX-TERRES: LE ROYAUME COMPORTAIT LA BASSE-ÉGYPTE ET LA HAUTE-ÉGYPTE; LE PHARAON RÉGNAIT SUR LES DEUX-TERRES.

assaut qu'ils venaient de livrer pour l'Empire, il était du devoir de Mykérinos de venir leur rendre hommage à l'endroit même de leur triomphe. Et puis, au bénéfice de la glorieuse Égypte, le fils de Rê devait enfin réaliser l'importance de pouvoir compter sur de redoutables soldats. Les combattants du lion pouvaient maintenant affirmer qu'ils étaient de cette trempe.

Assis sur le rebord du grand bassin entouré de statues qui jouxtait le Temple des Ténèbres, Leonis fixait le sol d'un air méditatif. Près de lui, Montu triturait nonchalamment la corde tendue du grand arc posé sur ses genoux. Montu fit entendre un rire bref et nasillard. L'enfant-lion émergea de ses pensées. Il observa longuement son ami avant de lui demander :

— Qu'est-ce qui t'amuse, mon vieux?

Le garçon hésita. Le sourire qui éclairait son visage se transforma en grimace. Il secoua doucement la tête et répondit :

— J'ai ri pour m'assurer que je ne rêvais pas, Leonis… J'ai du mal à me faire à l'idée que nous sommes assis dans le repaire des adorateurs d'Apophis… Nous les avons exterminés comme des rats. Est-ce que tout ça est bien réel? Je me suis entraîné pendant des mois en prévision de cette attaque. Au risque de te déplaire, je dois dire que j'étais impatient de décocher mes flèches sur d'autres cibles que des mannequins de paille… Cette nuit, j'ai tué quelques hommes. À présent, je n'éprouve ni remords ni fierté. En vérité, je ne ressens rien. Mon cœur est vide et froid.

— Tu n'es visiblement pas le seul à te sentir comme ça, mon ami. Les combattants du lion ne semblent pas prendre conscience de ce qu'ils viennent d'accomplir. Hier, ces gaillards débordaient d'enthousiasme. Durant l'assaut, ils étaient vifs et habiles comme des fauves. Ce matin, ils ressemblent à des dormeurs qui marchent dans leur sommeil. Ces guerriers sont sans doute étonnés d'avoir vaincu l'ennemi aussi facilement. Depuis un an, ils se préparaient à vivre un féroce affrontement. Les circonstances ont fait en sorte que les adorateurs d'Apophis n'étaient pas prêts à se battre. Ils étaient désarmés et impuissants.

Montu bomba le torse et fronça les sourcils. Il planta son regard dans celui du sauveur de l'Empire pour répliquer d'un ton tranchant :

— Nous ne sommes pas des lâches, Leonis. Ne me dis pas que c'est ce que tu crois.

— Cette pensée ne m'a même pas effleuré l'esprit, Montu. J'estime plutôt que nous avons été très astucieux. Nous avons totalement dominé nos adversaires, et il valait mieux qu'il en soit ainsi. Les adorateurs d'Apophis ont connu la fin qu'ils méritaient. De notre côté, nous n'avons que très peu de morts à déplorer. Bien sûr, j'ai toujours détesté la violence. Je frissonne en songeant à tous ces hommes qui ont péri. Seulement, puisque ce combat était inévitable, il ne pouvait connaître un meilleur dénouement.

Montu acquiesça. Ils restèrent un long moment sans rien ajouter. Les yeux de l'enfant-lion s'attardèrent sur les anciens esclaves. On les avait installés dans un secteur de la grotte qui se situait à l'écart du petit village et de l'agitation causée par les guerriers. Les hommes auxquels ils avaient été confiés leur avaient distribué des nattes de jonc et de longues tuniques noires ornées du symbole du grand serpent. Ces objets avaient été dénichés à l'intérieur d'une construction spacieuse où étaient entreposées diverses marchandises. Dans ce magasin, les combattants du lion avaient également découvert des milliers d'arcs, de flèches, de massues et de lances. Les armes qui avaient cruellement manqué aux hommes de Baka ne se trouvaient donc qu'à un jet de pierre de l'endroit où ils avaient été exterminés. Leonis ne s'était pas encore approché des misérables prisonniers. Il ne se sentait pas la force d'affronter autant de dénuement. Toutefois, de l'endroit où il se trouvait, et grâce à la lueur du feu que l'on avait allumé pour les réchauffer, l'adolescent pouvait nettement apercevoir leur figure émaciée. Ils semblaient terrorisés par les soldats qui s'occupaient d'eux. De toute évidence, ces infortunés ne réalisaient pas que les combattants du lion ne voulaient que leur bien. Le sauveur de l'Empire grimaça. D'une voix tremblante d'émotion, il jeta entre ses dents:

— Comment a-t-on pu traiter ces hommes avec autant de cruauté? J'ai tué l'infâme Baka, Montu. Cette tâche me revenait. Je l'ai acceptée et je n'ai pas hésité un seul instant à l'exécuter. Malgré tout, quand ma flèche a fauché cette vipère, j'ai eu l'impression que je venais de faire une chose horrible. Ce sentiment m'a poursuivi jusqu'à ce que j'aperçoive ces captifs. Maintenant, l'unique regret que j'ai, c'est d'avoir procuré une mort trop douce et trop rapide au maître des adorateurs d'Apophis. Je souhaite de tout mon cœur que son âme souffre éternellement.

— Il ne pourrait en être autrement, assura Montu. Baka était un monstre. Il n'a eu aucune honte à faire souffrir sa propre sœur. La pauvre Khnoumit est presque aussi mal en point que ces malheureux. Elle a dit à Hay que son frère l'avait gardée en vie simplement pour qu'elle puisse assister au grand cataclysme. Il tenait à ce qu'elle soit témoin de son triomphe.

— Par bonheur, Sia nous a affirmé que Khnoumit va s'en sortir. Cette brave femme a veillé sur ma petite sœur. Je lui dois beaucoup. J'espère que Pharaon se montrera clément avec elle. Elle ne faisait pas partie des ennemis de la lumière. Son frère était trop puissant. Elle devait se soumettre à sa volonté. Pourtant, elle a risqué sa vie pour sauver celle de Tati.

— Crois-tu que Hay obtiendra le pardon de Mykérinos?

— En ce moment, Hay est censé être notre prisonnier. Il est impossible de prévoir quelle sera la réaction du roi lorsque nous lui apprendrons que nous avons laissé cet ancien adorateur d'Apophis libre de combattre à nos côtés. Sans cet homme, nous n'aurions sans doute pas encore découvert le Temple des Ténèbres. Grâce à ses renseignements, nous disposions même d'un plan détaillé de ce repaire. En outre, Hay nous a appris que les cérémonies dédiées au grand serpent avaient lieu durant les nuits où la lune d'Osiris était pleine. Les combattants du lion ont donc pu organiser un assaut terriblement efficace. Puisque nos adversaires désarmés étaient presque tous réunis dans l'enceinte du temple, nos hommes n'avaient qu'à en bloquer les issues avant de les abattre comme de vulgaires chèvres regroupées dans un enclos. Pharaon devra tenir compte de ce que Hay a accompli pour son royaume. Et puis, en éliminant Baka et ses hordes de guerriers, nous avons détruit le cœur des ennemis de la lumière. Toutefois, nous savons que, sur la terre d'Égypte, Baka pouvait compter sur quelques milliers de sujets qui, même s'ils ne prenaient pas les armes, contribuaient clandestinement à sa sinistre cause. À mon avis, si Mykérinos sait se montrer indulgent à leur endroit, Khnoumit et Hay lui permettront certainement de démasquer un bon nombre de ces traîtres. En ce moment, aucun de ces mécréants n'est au courant de la défaite de son maître. Il faudra que Pharaon reste discret sur ce qui s'est passé ici. Le messager envoyé par Menna lui fera part de cette directive. De toute manière, le peuple n'a jamais su que, après l'avoir chassé du trône, Mykérinos avait épargné son cousin. La mort de Baka a été annoncée il y a seize ans. Pharaon n'a certainement aucune envie de dévoiler la tromperie à ses sujets… Le travail des combattants du lion est terminé, mon vieux Montu. Ces braves pourront bientôt retrouver les leurs. Désormais, il incombera à la garde royale de démasquer les habitants de l'Empire qui ont renié Rê pour épauler ceux qui vénéraient son rival.

Montu soupira. Il passa ses doigts en peigne dans sa longue chevelure aux reflets roux, puis il murmura :

— Pourvu que la mort de Baka puisse apaiser la colère de Rê. Étant donné que la quête des douze joyaux a échoué, il ne nous restait plus qu'à tenter de réparer l'erreur de Mykérinos. Crois-tu que le dieu-soleil se contentera de cette offrande, Leonis ?

— Je l'ignore, Montu. Mais, si la mort de Baka pouvait sauver le royaume, il appartenait à l'élu des dieux de l'assassiner. Maintenant que c'est fait, c'est aux oracles de parler.

2

INFRUCTUEUSES RECHERCHES

Le campement des combattants du lion fut rapidement dressé. Les chefs convièrent enfin leurs hommes à prendre du repos. Des seaux de bois furent utilisés pour puiser de l'eau dans le grand bassin. Les soldats se lavèrent de bon cœur. Le contenu tiède des outres fut également remplacé par l'eau froide et cristalline du plan d'eau souterrain. Les gaillards mangèrent avant de s'étendre sur des nattes pour profiter de quelques heures de sommeil. Autour du camp, quinze combattants montaient la garde. Une dizaine d'autres étaient postés à l'extérieur du grand rocher afin de surveiller l'entrée du repaire. Après avoir donné quelques ordres à ses lieutenants, Menna, l'air soucieux, invita Montu et Leonis à le suivre. Lorsqu'ils pénétrèrent dans la vaste salle du trône du temple, Sia et Hay les attendaient. L'ancien adorateur d'Apophis s'avança vers Menna pour lui demander à voix basse :

— Avez-vous retrouvé la trace de ceux que vous cherchiez, commandant ?

— Non, Hay, répondit Menna en se grattant la tête. Pourtant, tous les secteurs du repaire ont été explorés. Il n'y avait personne dans les dortoirs des Hyènes. Nous avons inspecté la salle qui était destinée à l'entraînement de tes anciens camarades. La description que tu m'avais faite de ce lieu était précise, si ce n'est que tu avais négligé de me parler des véritables hyènes qui s'y trouvaient. Nous avons été accueillis par ces furies. Leurs hurlements ont failli nous faire mourir de peur ! Heureusement que ces bêtes étaient enfermées dans des cages !

— Je suis désolé, maugréa Hay en se heurtant le front. J'avais oublié les hyènes. Elles ont été dressées pour l'attaque. Le moins que l'on puisse dire, c'est qu'elles ont un affreux caractère ! À l'époque où je vivais dans ce repaire, leurs dresseurs ne les mettaient en cage que lorsqu'ils devaient s'absenter. Puisque, la nuit dernière, leurs maîtres devaient assister à la cérémonie, ces mangeuses de charogne ont été enfermées. Vous n'aviez donc rien à craindre d'elles… J'aurais tout de même dû y songer…

— Ce n'est rien, Hay, dit Menna. Nous savions que les ennemis de la lumière utilisaient des hyènes dressées. Par le passé, quelques-unes d'entre elles ont été lancées à notre poursuite. Elles n'ont pas survécu… Il n'y avait personne dans la salle d'entraînement. Nous avons découvert beaucoup d'armes, mais, contrairement à ce que j'avais envisagé, les gens que nous cherchons ne sont pas allés se réfugier dans cette partie des souterrains.

— De qui parlez-vous? interrogea l'enfant-lion.

Menna se massa le menton avec application. Il fit quelques pas dans la pièce et s'immobilisa devant le trône de Baka. En contemplant le siège vide, il annonça:

— Quelques-uns de nos ennemis sont parvenus à se cacher, Leonis. Puisque la seule issue qui leur aurait permis de fuir le repaire était fortement gardée, ils n'ont pas pu gagner le désert.

— Êtes-vous bien certains que ces gens existent? demanda Montu d'un ton incrédule.

— Il n'y a pas de doute, assura Menna en se retournant pour se diriger vers ses compagnons. Hay affirme que les cérémonies dédiées au grand serpent débutaient invariablement avec une mélopée chantée par vingt prêtresses. Ces servantes du culte avaient aussi la tâche de brûler des herbes sacrées pour répandre l'odeur d'Apophis dans l'enceinte du sanctuaire. Or, lorsque nous avons envahi le temple, ces femmes ne s'y trouvaient pas. Mais, selon notre ami, leur absence n'avait rien d'étonnant; la cérémonie était commencée depuis un bon moment déjà. Après avoir accompli la première phase du rituel, les prêtresses étaient tenues de réintégrer leurs quartiers pour préparer l'entrée de leur grand prêtre. Nous avons rigoureusement exploré les quartiers des servantes d'Apophis. Si je ne tiens pas compte des quelques chats bien gras que nous y avons croisés, ils étaient déserts. De même, nous n'avons trouvé personne dans le secteur réservé aux domestiques de Baka. Le maître disposait pourtant de nombreux serviteurs. Ces gens étaient beaucoup mieux traités que les esclaves efflanqués que nos guerriers ont libérés ce matin. Malgré tout, ils étaient loin d'être choyés. Ils mangeaient suffisamment, l'endroit où ils dormaient était presque convenable, mais Hay m'a confié qu'ils étaient souvent battus. Ces infortunés n'étaient pas dignes d'assister aux cérémonies. Il serait donc étonnant que leurs corps soient parmi ceux qui gisent dans l'arène.

— En effet, acquiesça le sauveur de l'Empire. Toutefois, ces fuyards ne se sont quand même pas volatilisés! Ils sont sans défense, et ils sont sûrement très effrayés. Ils se cachent sans doute dans un recoin qui a échappé à vos recherches...

— Tu n'as pas tort, Leonis, intervint Hay. Il existe bel et bien un endroit que les combattants du lion n'ont pas encore visité. Par malheur, j'ignore où cet endroit se situe. Baka possédait un fabuleux trésor. Cet or est dissimulé dans une chambre secrète. Je crois que, mis à part le maître lui-même, le grand prêtre Setaou était le seul adorateur d'Apophis qui pouvait accéder à cette pièce... Si ce vieillard a survécu à l'assaut, il est probable qu'il ait trouvé refuge dans la salle du trésor en entraînant avec lui les domestiques et les prêtresses... Il n'y a pas d'autre façon d'expliquer la disparition de tous ces gens. Pendant l'attaque, je n'ai pas aperçu le grand prêtre Setaou dans l'enceinte. Mais, comme vous le savez, après avoir retrouvé ma pauvre Khnoumit, je n'avais plus la moindre envie de suivre le déroulement de la bataille... Si ce vieil homme a péri, son cadavre doit se trouver parmi ceux des adorateurs du grand serpent. Je pourrais essayer de l'identifier...

— Ce serait trop difficile, déclara Menna. Il y a des centaines de corps dans l'arène. La plupart des visages sont couverts de sang et de boue. Si nos ennemis n'avaient pas porté la tunique noire des adeptes, nous aurions eu beaucoup de mal à différencier leurs dépouilles de celles de nos soldats. Et puis, j'estime que l'absence des serviteurs et des prêtresses nous indique clairement que Setaou est toujours vivant. Il se pourrait même que quelques combattants se cachent avec lui…

— C'est possible, admit Hay. Seulement, j'ai la certitude qu'aucun membre des troupes d'élite n'a suivi le grand prêtre. Une Hyène aurait préféré mourir plutôt que de renoncer à protéger le Temple des Ténèbres. Je peux vous assurer que mes anciens frères d'armes ont combattu jusqu'à la fin. Si des hommes armés ont accompagné Setaou, ces types ne sont rien de plus que des gardiens du temple. Ils savent se défendre, mais leurs habiletés ne peuvent pas être comparées à celles des Hyènes. Les combattants du lion pourraient facilement les vaincre.

— Ne soyons pas trop confiants, s'interposa la sorcière d'Horus, car si Merab est parmi eux, nous risquons fort d'avoir de désagréables surprises.

Menna sursauta. Il considéra la sorcière avec étonnement avant de lui rappeler :

— Merab est parti, Sia. Enfin, c'est ce que tu m'as affirmé, il y a à peine une heure, en achevant la visite de la grande pièce remplie d'objets étranges que mes hommes venaient de découvrir. Selon toi, il était évident que Merab était passé par là. Après avoir inspecté les lieux, tu avais la conviction que le sorcier de Seth avait quitté le Temple des Ténèbres. Aurais-tu changé d'avis ?

— Non, mon ami, répondit l'enchanteresse. Je persiste à croire que ce vieux fou n'est plus ici. Cela dit, je peux me tromper… Certains des objets et des ingrédients que j'ai examinés dans ces quartiers ne pouvaient appartenir qu'à un très brillant envoûteur. Dans des flacons, j'ai trouvé des substances qu'aucun apothicaire n'aurait été en mesure de préparer. Merab a assurément vécu et œuvré entre ces murs. Toutefois, le bloc de granit qui lui servait de plan de travail est recouvert de poussière. J'ai également pu constater que ses instruments n'avaient pas été utilisés depuis des mois. Tout indique que ce maléfique personnage s'en est allé. Nous devons quand même faire preuve de prudence. À deux reprises, cet homme m'a piégée. Je ne tiens surtout pas à lui donner l'occasion de recommencer une troisième fois. Et puis, avant que vous ne me posiez la question, je dois vous dire que, malgré mes facultés, je serais incapable de localiser l'emplacement de cette chambre secrète. La pierre est inerte et insondable. Je ne peux malheureusement pas lire en elle.

— Bien sûr, glissa Montu, mais, puisque tu as la capacité de lire dans les esprits, tu pourrais essayer de repérer celui de Setaou…

— Je n'y parviendrais pas, Montu. Pour sonder l'esprit d'un être, je dois d'abord établir un contact visuel avec lui. Sinon, il faut que cet être pense très fort à moi. À moins que Merab lui ait parlé de moi, Setaou ne sait même pas que j'existe. Si c'est le cas, comment pourrais-je occuper ses pensées ? J'ai bien peur de ne pas pouvoir vous aider à retrouver ces fuyards. Cependant, je peux encore vous être utile. Plusieurs combattants du lion ont été blessés durant la bataille. Je vais m'occuper d'eux. De plus, grâce aux choses que le sorcier a laissées derrière lui, je dispose de tout ce dont j'ai besoin pour préparer des potions qui faciliteront la guérison des esclaves. En dépit de ce fait, j'ai la certitude que quelques-uns de ces misérables ne survivront pas. Pendant que je la soignais, Khnoumit s'est confiée à moi. Elle m'a appris que, depuis quelque temps, les esclaves ne servaient plus à rien. Ils étaient devenus encombrants pour les ennemis de la lumière. Baka a donc décidé de les laisser mourir. Depuis deux semaines, il ne les nourrissait plus. Étant donné qu'ils étaient déjà très faibles, ce jeûne les a vite conduits au seuil de la mort.

— C'est horrible! s'exclama l'enfant-lion. Pour quelle raison ne les a-t-il pas tués, tout simplement? À quoi lui servait-il de les faire souffrir ainsi?

Sia ferma les yeux et poussa un long soupir avant d'expliquer:

— Baka n'a pas accepté la trahison de Khnoumit. À la suite de sa capture, il avait décidé de lui faire subir un traitement semblable à celui des esclaves. Dès son arrivée ici, cette brave femme a été enfermée dans un cachot étroit, sombre et nauséabond. On ne lui donnait presque rien à manger. Sa santé déclinait dangereusement. Puis, un jour, Baka a soudainement décidé de lui faire quitter sa prison. Il la nourrissait mieux et, même si elle avait presque toujours les chevilles et les poignets liés, elle pouvait profiter d'un peu de confort. Comme vous le savez déjà, son frère lui avait avoué qu'il avait pris la décision de la garder vivante afin qu'elle puisse assister à la fin des fins. Cet infâme individu n'avait cependant pas renoncé à la torturer. Il connaissait bien sa sœur. Khnoumit est une femme juste. Son cœur est charitable. Les privations que Baka infligeait aux esclaves n'avaient qu'un seul but : faire du mal à celle qui avait trahi sa confiance. Chaque jour, Khnoumit était conduite dans la salle où se trouvaient les captifs. Ces visites quotidiennes l'obligeaient à constater leur déchirant déclin. Baka lui avait annoncé que, dans la mesure où il avait décidé de l'épargner elle, quelqu'un devait forcément payer pour les erreurs qu'elle avait commises. En sachant que ces hommes, ces femmes et ces enfants souffraient par sa faute, Khnoumit était dévastée... À présent, tu sais pourquoi ces malheureux ont subi un tel sort, Leonis. La cruauté de certains mortels va au-delà de ce que l'imagination peut concevoir...

Sia se tourna vers Hay. Elle posa sa main menue sur l'une de ses puissantes épaules ; puis, en affichant un sourire navré, elle dit :

— Le corps de ta tendre Khnoumit va reprendre de la vigueur, Hay. Il redeviendra presque comme avant. Seulement, son âme est ravagée. Tu devras l'aimer de toutes tes forces.

Les yeux de Hay se remplirent de larmes. Il baissa la tête, serra les poings et balbutia :

— Je... je l'aime déjà de toutes mes forces, Sia. Mais, lorsque je vois ce que Baka a fait d'elle, je regrette d'avoir laissé Khnoumit m'offrir son cœur. Son existence n'a jamais été heureuse. Seulement, avant moi, elle vivait dans une belle maison, elle n'était pas malade et elle mangeait bien… Comment ai-je pu penser que nous pouvions réussir à nous enfuir? Comment ai-je pu croire un seul instant que j'arriverais à tromper la vigilance de Baka? Khnoumit et moi, nous voulions vivre libres et heureux… Elle m'a fait oublier que je n'étais qu'une brute, un assassin, un vaurien… J'aurais dû prévoir ce qui arrive aujourd'hui. Je n'ai jamais rien fait de bien. J'ai toujours tout gâché.

— Tu te trompes, Hay, observa Leonis. Grâce à ta bonté et à ton courage, ma petite sœur est toujours en vie. J'ai pu éprouver l'immense bonheur de la serrer dans mes bras. Sans les renseignements que tu nous as fournis, les combattants du lion n'auraient pas pu vaincre les adorateurs d'Apophis. Khnoumit et toi, vous vouliez traverser la frontière pour vous perdre dans le pays de Khoush[3]. Vous deviez fuir à la fois les adorateurs d'Apophis et les soldats de Pharaon. Dorénavant, vous pourrez vivre heureux et libres sur la terre d'Égypte. La douce Khnoumit a souffert, mais elle n'est pas morte. Tu l'as enfin retrouvée. Vous obtiendrez le pardon du fils de Rê, j'en suis sûr. Rien n'est perdu pour vous. L'amour guérira vos blessures. La brute et l'assassin

---

3. KHOUSH: NOM QUE DONNAIENT LES ANCIENS ÉGYPTIENS À LA NUBIE. DANS L'ANCIEN EMPIRE, LE PAYS DE KHOUSH ÉTAIT SITUÉ AU SUD DE LA PREMIÈRE CATARACTE DU NIL.

n'existent plus en toi. Ta belle t'a permis de les oublier. Tu dois donc continuer à le faire. J'ai devant moi un courageux gaillard qui a tourné le dos à son passé obscur pour faire face à la lumière. De quel vaurien parles-tu, Hay? Je ne l'aperçois nulle part! Si tu pouvais te regarder avec mes yeux, tu aurais le privilège d'observer un homme admirable.

— Merci, Leonis, soupira le colosse. Ta petite sœur m'a également sauvé la vie. J'aimerais avoir la chance de la revoir un jour. Je crois que Khnoumit serait folle de joie si elle pouvait embrasser Tati de nouveau. Ce matin, quand je lui ai annoncé que la fillette vivait maintenant au palais, Khnoumit a éclaté en sanglots. Elle pleurait de joie, mais elle était très secouée. J'ai eu peur que son cœur se déchire... Je ne sais pas si le pharaon me pardonnera. Ce serait merveilleux, mais je n'espère rien; j'ai longtemps été un ennemi de l'Égypte et j'ai renié le dieu des dieux. Maintenant que j'y songe, je n'ai jamais vraiment adoré Apophis. En vérité, la seule véritable ferveur que j'éprouvais était pour le combat. Pour peu que ma belle et moi puissions vivre libres, je serais comblé. Je ne crains pas l'exil, mes amis... Car aujourd'hui, ma seule patrie s'appelle Khnoumit.

3
LES MACHINATIONS
DE TOUIA

Ils étaient cinquante-quatre. Même si le grand prêtre Setaou avait été l'unique sujet de Baka à connaître l'emplacement de l'entrée du passage qui conduisait dans la salle du trésor, ceux qui étaient parvenus à fuir les combattants du lion devaient surtout la vie à Touia, l'épouse favorite du défunt chef des ennemis de la lumière. La jeune femme avait fait preuve d'un sang-froid et d'une lucidité remarquables. Tout s'était déroulé très rapidement. Avant le début de la cérémonie, elle était assise seule sur le balcon qui communiquait avec la chambre de son époux. Touia buvait du vin en observant impassiblement les adeptes du grand serpent qui faisaient la file pour pénétrer dans le sanctuaire. Depuis qu'elle avait compris que Baka, malgré ses moyens considérables, ne lui permettrait pas d'atteindre ses buts, elle considérait ses fidèles avec un immense mépris. Touia avait rêvé de gloire, de splendeurs et de richesses. Elle avait voulu un royaume. Elle était pourtant condamnée à attendre la fin des fins dans une affreuse grotte, aux côtés d'un homme qui n'avait pas été à la hauteur de ses aspirations. Fort heureusement, le massacre des adorateurs d'Apophis était venu changer le cours des choses. Parmi les gens qui se cachaient avec Touia, personne ne soupçonnait qu'elle avait, par omission, contribué au triomphe de l'envahisseur. Baka l'avait bien cherché. Durant dix ans, elle avait cru en lui. Il l'avait beaucoup déçue. La jeune femme n'aimait pas être contrariée. Il en avait toujours été ainsi.

Touia était la fille de Mahou, un riche et influent marchand de Thèbes. Cet homme fréquentait la noblesse et il avait même déjà eu le privilège d'être invité à la résidence du vizir. Les adorateurs d'Apophis avaient besoin de gens comme lui. Ils avaient donc menacé Mahou des pires sévices afin de l'obliger à se joindre à leur cause. Durant quelques années, et à son corps défendant, cet honnête sujet du royaume avait été contraint de se plier aux exigences de Baka. Il était déchiré entre son attachement à Pharaon et la nécessité de protéger sa vie et celle des siens. Puis, un soir, n'y tenant plus, Mahou avait annoncé à sa femme qu'il avait l'intention de solliciter une audience avec le roi. Il ne savait guère où était situé le repaire des ennemis de la lumière, mais il connaissait certains de leurs projets, ainsi que les noms de nombreux traîtres qui servaient dans leurs rangs. Il comptait tout dévoiler au maître des Deux-Terres. À cette époque, Touia n'avait que quatorze ans. Elle n'avait rencontré Baka qu'à une seule occasion. Durant cette brève visite qui s'était déroulée dans les jardins de Mahou, le maître avait visiblement été impressionné par la grande beauté de la fille de son hôte. Ce soir-là, Touia n'avait pas adressé la parole à Baka. Elle s'était contentée de répondre timidement aux sourires qu'il lui adressait. L'apparence de cet homme déjà vieux ne l'attirait pas. Par contre, le charisme, la cruauté et la force qui émanaient de lui suscitaient sa convoitise ; un tel personnage possédait le pouvoir de réaliser ses souhaits les plus fous. Après cette rencontre, Touia avait souvent pensé à Baka. Se manifesterait-il de nouveau pour annoncer à Mahou qu'il désirait que sa ravissante fille rejoignît le Temple des Ténèbres ? Le maître n'avait rien fait de tel. Au fil des semaines, les espoirs de Touia s'étaient peu à peu amenuisés.

Elle ne songeait plus au chef des adorateurs d'Apophis lorsque l'occasion de le revoir s'était présentée. Quand le marchand avait fait part à son épouse de ses intentions de dénoncer les ennemis de l'Empire, l'adolescente prenait un bain dans une pièce voisine. Elle n'avait rien perdu de la conversation. Le lendemain, elle s'était rendue auprès de l'un des commandants de Baka pour l'entretenir des desseins de Mahou. Le soir même, des hommes étaient venus. Touia était présente lorsque son père, sa mère, son frère et ses deux sœurs avaient été assassinés. Le scribe et les domestiques de Mahou n'avaient pas échappé à la tuerie. Touia avait observé ces horreurs sans ciller. Un sourire indéfinissable se dessinait sur ses lèvres. Elle avait été conduite au Temple des Ténèbres. Le maître l'attendait. D'un pas impérial, elle avait traversé la salle du trône en portant un panier qui contenait la tête de Mahou. Elle avait déposé cette immonde offrande devant Baka, puis elle s'était mise à genoux pour déclarer d'une voix dépourvue d'émotion :

— Je te livre la tête d'un homme déloyal, seigneur et maître vénéré! Je m'offre aussi à toi, même si je sais que le présent de mon humble personne ne pourrait suffire à essuyer l'affront de mon méprisable père!

Le chef des adeptes du grand serpent avait été stupéfait d'observer autant de froideur, de cruauté, de grâce et de beauté réunies dans un seul être. La jeune fille avait vu son charme opérer au-delà de toute attente. Trois jours plus tard, Baka l'épousait dans l'enceinte du divin temple d'Apophis. En s'esclaffant, il avait lancé à ses sujets :

— Beaucoup de pères ont voulu m'offrir la main de leur fille ! Mais, croyez-le bien, c'est vraiment la première fois qu'une fille m'offre la tête de son père !

La remarque avait été saluée par un tonnerre de rires et d'applaudissements. Le lendemain, Touia avait fait la connaissance des autres épouses de Baka. Ses cinq femmes étaient toutes très belles, mais la nouvelle venue n'avait pas tardé à les trouver futiles et insupportables. Elles se vautraient sur des coussins à longueur de journée, elles mangeaient trop, et elles pleurnichaient au moindre accroc fait à leur robe. Lorsque le maître venait leur rendre visite, elles cacardaient comme des oies pour vanter son intelligence, ses attraits et sa vigueur. Il répugnait à Touia de partager le quotidien de ces idiotes. Malgré tout, elle avait fait en sorte de les tolérer. Elle affectait de leur ressembler et elle se montrait même très gentille à leur endroit. En ce temps, la favorite du maître était Irou. Cette femme avait vingt ans de plus que Touia. Elle possédait une grâce incomparable et elle dansait merveilleusement bien. Elle n'était guère plus alerte que ses consœurs, mais Baka lui accordait beaucoup d'attention. Il l'autorisait aussi à s'asseoir à ses côtés dans la salle du trône.

Le maître avait éprouvé un certain chagrin lorsque, quelques mois après l'arrivée de l'adolescente, sa charmante Irou avait été terrassée par la piqûre d'un scorpion. Bien sûr, Touia était responsable de ce drame. Elle s'était faufilée dans la chambre d'Irou. Le scorpion était enfermé dans un pot. Au préalable, la meurtrière avait vigoureusement secoué le récipient pour exciter la redoutable bestiole. La victime dormait quand Touia avait libéré le scorpion sur son ventre nu. Elle avait parfaitement manœuvré, et personne ne l'avait soupçonnée. Par la suite, en usant de toute son imagination pour égayer son maître, la jeune fille avait rapidement remplacé celle qu'elle avait éliminée.

Depuis qu'elle habitait le Temple des Ténèbres, l'ambitieuse fille de Mahou avait pu mesurer la valeur des troupes que gouvernait son époux. Durant les premières années qu'elle avait passées auprès de Baka, le grand cataclysme promis par le dieu-soleil n'avait pas encore été annoncé. Or, personne n'eût pu prévoir la venue du sauveur qui aurait la tâche d'apaiser la colère de Rê. Les forces des adorateurs d'Apophis grandissaient sans cesse. Leur but était de nuire à l'Empire, et leur chef envisageait toujours la possibilité de reprendre le trône que lui avait naguère ravi son cousin Mykérinos. Il aspirait à diriger un royaume voué au mal. Cette perspective enchantait Touia. Elle se voyait déjà reine. Malheureusement pour elle, les révélations transmises par l'oracle de Bouto avaient orienté Baka vers d'autres projets. Cet imbécile avait vite renoncé à l'idée de reconquérir le trône. Il désirait retrouver l'élu avant que le pharaon le fît. Il n'avait pas réussi, et Leonis était devenu son obsession. Avec un acharnement pitoyable, il exhortait ses troupes à se consacrer corps et âme à la poursuite du sauveur de l'Empire. Il assurait que le grand cataclysme permettrait aux ennemis de la lumière d'accomplir leur destinée. Touia avait alors compris avec amertume que ce n'était pas précisément l'envie de remonter sur le trône qui, depuis sa chute, avait motivé les maléfiques agissements de l'ancien roi. Ce fou désirait vraiment assister à la fin de la glorieuse Égypte. Il promettait aux adeptes du grand serpent que, quand ce jour viendrait, Seth les conduirait dans son royaume où toutes les joies de l'univers les attendraient. Touia ne croyait pas à ces inepties. Si le grand cataclysme survenait, personne ne survivrait. Elle ne voulait pas mourir. Quelques mois auparavant, en apprenant l'échec de la quête de l'enfant-lion, elle avait compris que ses rêves de grandeur ne se réaliseraient jamais. Les adorateurs d'Apophis avaient mis un terme à leurs actions contre l'Empire. Leurs combattants avaient tous rallié le repaire. Il ne leur restait plus qu'à louer leur dieu en attendant la fin. La jeune épouse de Baka bouillait de rage, mais, en aucun temps, le maître n'avait pu lire ce sentiment sur son magnifique visage froid comme la pierre. Tout en se sachant impuissante, Touia nourrissait une rancune immense envers cet homme qui l'avait tant désabusée. Et, la veille, tandis qu'elle buvait tranquillement du vin sur le balcon qui surplombait l'entrée du sanctuaire, l'occasion d'une vengeance jusqu'alors inespérée s'était enfin offerte à elle.

L'assaut des combattants du lion était passé à un cheveu d'échouer. En effet, lorsque Touia avait aperçu les premiers envahisseurs réunis sur la corniche où se trouvait l'entrée de la vaste grotte, elle eût pu donner l'alerte. Sous ses pieds, des centaines de fidèles attendaient toujours devant le porche colossal de leur lieu de culte. La belle avait failli les avertir, mais elle était parvenue à dominer ses émotions. Avant de quitter le temple, le sorcier Merab avait affirmé à Baka que des soldats du royaume s'entraînaient dans le but d'attaquer son repaire. Le maître n'avait pas douté des paroles de l'envoûteur. Il jugeait toutefois que les troupes de Mykérinos ne parviendraient jamais à découvrir l'endroit où les adorateurs d'Apophis se terraient. Touia partageait cette conviction. Mais, en voyant ces silhouettes tapies dans l'ombre de la corniche, elle avait aussitôt flairé que cette improbable attaque était sur le point d'avoir lieu. Ce pressentiment s'était changé en certitude lorsque le bouclier de l'un de ces intrus s'était brièvement profilé dans la faible lumière ; tous les ennemis de l'Empire connaissaient la marque de l'élu des dieux : un lion pourpre dressé sur ses pattes arrière. Le symbole qui ornait le bouclier interdisait toute conjecture. Afin d'éviter d'être repérée à son tour, Touia avait quitté le balcon pour se réfugier dans la pénombre de la chambre. Les intentions de l'ennemi lui apparaissaient avec une clarté éblouissante. Elle devinait que ces soldats attendaient que leurs adversaires fussent tous réunis dans l'enceinte du temple. Elle entrevoyait la défaite cinglante des hordes désarmées de son époux. Touia avait réfléchi quelques instants. Son esprit brillant et pervers avait promptement établi un plan qui, s'il réussissait, lui permettrait de tirer de grandioses bénéfices d'une situation qui semblait pourtant désespérée.

La jeune femme avait rejoint le couloir en s'efforçant de masquer sa fébrilité. Ce soir-là, comme d'ordinaire, six gardes avaient été chargés d'interdire l'accès aux appartements privés de Baka. Ces hommes ne devaient pas assister à la cérémonie. Même si aucun sujet n'eût osé s'introduire dans les quartiers du maître durant son absence, les lieux regorgeaient de tant de secrets et de richesses qu'il eût été inconsidéré de les laisser sans surveillance. Mis à part ces gardes, Setaou, Touia et les quatre autres épouses de Baka, personne n'était autorisé à circuler dans cette partie du temple. Afin de ne pas rompre avec ses habitudes, Touia avait croisé les sentinelles sans les saluer. Elle avait ensuite dévalé le long escalier qui conduisait à la salle du trône. La jeune femme avait traversé la salle déserte pour pénétrer dans une petite chambre qui se trouvait à la gauche du majestueux siège. Cette pièce était pourvue d'une étroite fenêtre qui permettait d'observer ce qui se passait dans l'enceinte du Temple des Ténèbres. En souhaitant que tout se déroulât comme elle l'avait présumé, Touia avait vu les gradins se remplir. Peu après, la plupart des flambeaux qui éclairaient l'enceinte s'étaient éteints. Le chant doux et mélodieux des prêtresses d'Apophis s'était fait entendre. En transportant des récipients remplis de braises rougeoyantes, les vingt servantes du culte avaient longuement défilé sur le sable de l'arène. Touia trépignait d'impatience. Pendant un moment, elle avait cru que l'ennemi avait renoncé à livrer l'assaut. Les prêtresses avaient quitté l'enceinte. Les adeptes étaient demeurés silencieux. Sur le balcon qui dominait la foule, Baka se préparait sans doute à apparaître devant ses sujets. Puis, soudainement, l'alerte avait retenti. Un garde posté dans l'entrée avait hurlé: « Nous sommes attaqués! » Touia avait vu l'homme s'écrouler. Tout en décochant une première volée de flèches, les archers ennemis avaient pris position sous le linteau de la grande porte.

Touia s'était ruée à l'extérieur de la salle du trône pour courir à la rencontre du grand prêtre Setaou. Elle avait trouvé l'homme dans la modeste chapelle où il se préparait pour la cérémonie. Les vingt prêtresses d'Apophis étaient avec lui. Essoufflée, la nouvelle venue s'était jetée dans les bras du prêtre. Elle avait feint une profonde terreur pour lui annoncer en pleurant:

— Le temple est attaqué, noble Setaou!
C'est le maître Baka qui m'envoie! Il m'a
intimé de te transmettre ses ordres!

D'un ton incertain, Setaou avait demandé:

— De quelle attaque parles-tu, Touia? Les
prêtresses viennent tout juste de quitter
l'enceinte. Si quelque chose s'était produit,
elles…

— Le temple est attaqué! avait de nouveau
hurlé Touia en tremblant comme le roseau.
Baka est demeuré avec ses hommes pour
tenter d'organiser une riposte! Il m'a dit de
t'ordonner de réunir ses épouses, les domestiques, les prêtresses et les gardes que tu
pourras trouver dans sa demeure! Il veut que
tu conduises tous ces gens dans la salle du
trésor! Le maître viendra nous rejoindre dès
que la situation lui permettra de le faire! Tu
dois m'écouter, Setaou! Le temps presse!

Le prêtre avait répliqué avec véhémence:

— Ce que tu dis est insensé, Touia! Je n'en
crois pas un mot! C'est la nuit! Personne ne
songerait à livrer un assaut durant la nuit! Tu
es folle! J'ignore ce qui te prend, mais…

La jeune femme était sur le point de gifler
Setaou lorsque l'un des guerriers de Baka avait
fait irruption dans la chapelle. Le gaillard
titubait. Trois flèches étaient plantées dans sa
poitrine. D'une main mal assurée, le mourant

tentait de les retirer. En s'adossant contre le mur, il avait balbutié :

— Je… je veux… une arme… Des lâches… Nous… nous sommes sans défense… Ils nous tuent comme des… comme des canards… Des… des lâches…

Le combattant était tombé à genoux et il avait vomi une giclée sirupeuse de sang noir. Ses yeux grands ouverts étaient devenus fixes. Dans un ultime sursaut, il s'était effondré. Sa figure avait violemment percuté le sol. Touia avait alors eu envie de demander à Setaou s'il croyait toujours qu'elle était folle. Elle s'était cependant efforcée de garder le silence. Les yeux braqués sur le mort, le prêtre avait murmuré :

— C'est donc vrai. Le divin temple d'Apophis est attaqué… Baka… Que t'a-t-il dit, Touia ? Que veut-il que je fasse ?

La jeune femme avait calmement répété les quelques directives qu'elle avait imaginées dans le but de convaincre le vieillard. Ce dernier avait inspiré profondément. Avant de s'activer, il s'était longuement essuyé le front avec la manche de sa robe noire. De prime abord, il avait sommé trois prêtresses d'aller chercher tous les domestiques pour les conduire dans les appartements du seigneur des lieux. Ensuite, Setaou, Touia et les dix-sept servantes du culte qui les accompagnaient s'étaient précipités vers le quartier des femmes. Les épouses de Baka dormaient. Elles avaient un peu protesté, mais le prêtre leur avait assuré qu'elles mourraient si elles refusaient de le suivre. En gémissant, elles avaient obéi. Les aires habitables du Temple des Ténèbres avaient été creusées dans la pierre. Ainsi, entre les cloisons épaisses du couloir qui donnait accès aux appartements du maître, les bruits de la bataille qui se déroulait dans l'enceinte n'étaient pas perceptibles. En apercevant la cohorte de gens effarés qui marchait derrière Setaou, les deux premières sentinelles affectées à la surveillance des quartiers de leur chef étaient demeurées interloquées. Sans attendre, l'homme de culte leur avait fait part de l'attaque du temple. Il leur avait aussi transmis les ordres rapportés par Touia. L'un des gardes s'était empressé d'aller avertir ses camarades. Durant un moment qui avait pris des allures d'éternité, il avait fallu attendre les trois prêtresses et les serviteurs qu'elles avaient eu la charge de rassembler. Lorsque ce groupe s'était enfin montré, des cris s'étaient mis à retentir à l'intérieur des couloirs. L'ennemi approchait.

À bout de souffle et de nerfs, Setaou avait guidé les fugitifs vers une salle attenante à la chambre de Baka. L'endroit était éclairé par des torches. Le grand prêtre s'était dirigé vers une grande statue du dieu Seth. Avec son épaule, il avait donné une vigoureuse poussée sur l'effigie de bois doré qui avait pivoté sur son socle. À l'exception d'un faible déclic, rien ne s'était produit. La cloison de pierre, décorée de scènes de combat, qui se trouvait derrière la statue ne montrait aucune irrégularité. C'était en retirant un panneau de bois savamment façonné et peint pour se confondre avec le reste de la paroi que l'homme de culte avait révélé le passage menant à la salle du trésor. Des murmures d'étonnement s'étaient fait entendre. D'un geste anxieux, Setaou avait invité les gens qui l'accompagnaient à s'engager sans traîner dans l'ouverture. Si l'opération s'était déroulée sans heurts, elle avait néanmoins duré un long moment. Après avoir laissé entrer un dernier fugitif, le grand prêtre avait pu disparaître à son tour dans le passage. Toutefois, quand un groupe d'envahisseurs avait pénétré dans la pièce, il n'avait pas eu le temps d'assujettir correctement le pan de bois dans son châssis. Les soldats ennemis avaient échangé quelques mots. Setaou était resté immobile. Des sangles lui permettaient d'empêcher le morceau de cloison factice de basculer. Le panneau était toutefois de guingois et, de l'intérieur du passage, le vieil homme pouvait apercevoir un rai de lumière provenant de la salle qu'il venait de quitter. Par bonheur, ceux qui se trouvaient de l'autre côté n'avaient rien remarqué. Ils avaient procédé à une brève inspection de la pièce avant de la quitter. L'homme de culte avait pu replacer le panneau correctement. Puis, sans trop tâtonner malgré les ténèbres qui l'entouraient, il avait empoigné et abaissé un levier qui émergeait du sol. Dans la salle, la statue de Seth avait repris sa position initiale. Le panneau était maintenant bien fixé à la paroi de pierre. Setaou avait poussé un soupir enroué. La présence de ces intrus dans les quartiers du maître n'augurait rien de bon. Baka était-il parvenu à se cacher? Le grand prêtre en doutait. Là-bas, dans le couloir, quelqu'un avait allumé une lampe. Accablé par le désespoir et exténué par l'effort soutenu qu'il venait de fournir, le vieil homme était allé retrouver les autres.

Les degrés grossièrement taillés d'un large escalier avaient conduit les fuyards jusqu'au bord d'un petit lac souterrain. En atteignant cette caverne, Setaou avait ordonné aux gardes d'allumer des flambeaux. Touia avait été surprise de découvrir un endroit dont elle n'avait jamais soupçonné l'existence. La grotte abritait des installations qui, sans être impressionnantes, ne manquaient pas de confort. Ce refuge comptait une douzaine de lits. De nombreux coffres de cèdre étaient regroupés dans un coin. Il y avait également un trône de granit, quelques lourdes armoires, ainsi qu'une longue table basse entourée de nattes épaisses. Setaou avait glissé à l'oreille de Touia:

— Cette retraite a été aménagée pour nous permettre, à Baka, à ses commandants et à moi, de nous soustraire à l'ennemi en cas d'invasion… Mais comment aurions-nous pu prévoir que ces crapules nous attaqueraient au beau milieu d'une cérémonie? J'espère que notre maître n'est pas…

L'homme n'avait pas osé poursuivre. Touia avait masqué sa figure sous ses mains délicates et soignées. Ce mouvement, que le grand prêtre avait attribué au chagrin, servait plutôt à dissimuler un irrépressible sourire. Tout contribuait à la réussite du plan prodigieux élaboré par la jeune femme.

4

LA FAILLE

Lorsque les fugitifs avaient atteint le refuge, Setaou s'était hâté de poster des gardes devant une grande porte qui devait assurément conduire dans la salle du trésor. Touia n'avait donc pas eu l'occasion de contempler les merveilles accumulées par Baka et ses hordes. Elle se sentait tout de même satisfaite ; l'or des adorateurs d'Apophis était maintenant à sa portée. Elle n'avait pas encore eu le loisir de s'attarder sur les menus détails de son plan, mais elle disposait déjà de tout ce dont elle avait besoin pour le mener à terme. La jeune femme était très fière de ce qu'elle venait d'accomplir. Le grand prêtre s'était laissé berner. Bien entendu, il n'eût probablement pas agi de la sorte si l'un des combattants de Baka n'avait pas eu l'extraordinaire inspiration de venir mourir à ses pieds. Le blessé était entré dans la chapelle au moment opportun ; si Setaou avait hésité plus longtemps, tout espoir de fuite eût été perdu.

Touia avait craint que le grand nombre de personnes qu'elle avait décidé d'entraîner avec elle dans cette aventure pût compromettre ses chances de réussite. Toutefois, le bon sens lui avait interdit de procéder autrement. Setaou eût-il accepté de gagner la salle du trésor en laissant les prêtresses d'Apophis aux mains de l'ennemi? Il était permis d'en douter. En outre, si les servantes du culte étaient restées là-haut, elles eussent été soumises à l'interrogatoire des soldats. Ces jeunes femmes s'étaient toujours dévouées au grand serpent. Elles avaient été enlevées dès leur plus jeune âge et elles ne possédaient que peu de connaissances sur ce qui se passait à l'extérieur du repaire. Le Temple des Ténèbres était leur monde. Dans leur cœur, cette invasion du divin sanctuaire par des étrangers représentait assurément un horrible sacrilège. À l'évidence, aucune des prêtresses, même sous la torture, n'eût osé trahir Setaou. Touia avait cependant jugé plus sage de ne pas courir le risque de les abandonner à l'envahisseur. En ce qui concernait les autres épouses de Baka, elles étaient tellement craintives et bavardes que la moindre gifle les eût poussées à tout révéler de ce qu'elles savaient. Touia avait aussi veillé à s'entourer de six gardes. Ces guerriers n'étaient pas des Hyènes, mais, dès que la favorite aurait discrètement éliminé le vieux Setaou, ils pourraient l'aider à asseoir son autorité sur le reste du groupe. Puisque le repaire des ennemis de la lumière avait été découvert, Touia comptait utiliser les serviteurs pour transporter une petite partie du trésor dans un autre lieu. Pour l'instant, elle devait attendre le départ des soldats du pharaon. Ces combattants devaient déjà s'interroger à propos de l'endroit où Baka avait dissimulé son or. En supposant qu'ils eussent fait quelques prisonniers parmi les adeptes, il était possible que l'existence de la chambre secrète leur eût été révélée. Malgré tout, Touia n'était pas inquiète. Le temple était vaste. Durant les dix années qu'elle avait passées dans le repaire, elle avait souvent tenté de découvrir l'entrée de cette mystérieuse salle. Si, après tout ce temps, elle n'y était pas parvenue, il était raisonnable de croire que personne n'y arriverait. Plus que jamais, la cruelle jeune femme caressait de grandioses objectifs. Elle avait presque oublié que les jours de la glorieuse Égypte étaient comptés. Certes, quelques incertitudes la tracassaient encore : Baka était-il bel et bien mort? Et, si tel était le cas, avait-il pris soin, avant de mourir, d'éliminer Khnoumit pour priver les combattants de l'Empire de la possibilité de l'interroger? Si la sœur du maître était toujours en vie, elle répondrait sûrement de bonne grâce aux questions de l'ennemi. Khnoumit n'avait jamais approuvé les actes de son frère. Elle haïssait les adorateurs d'Apophis. Pourtant, Baka l'avait aimée comme il n'avait aimé aucune de ses épouses. Cette femme, au mépris du fait qu'elle avait depuis longtemps perdu la fraîcheur de la jeunesse, avait été la seule vraie rivale de Touia. Le projet de l'assassiner avait souvent occupé l'esprit de la jeune favorite. Elle n'avait pas eu l'audace de passer aux actes. La mort de Khnoumit eût plongé Baka dans une colère terrible. Dans l'éventualité où le moindre soupçon eût pesé sur Touia, cette dernière eût sans nul doute été condamnée au plus atroce des châtiments.

Il y avait maintenant plusieurs heures que les fugitifs occupaient la caverne. La retraite recelait une bonne réserve de nourriture. Chacun de ceux qui s'y trouvaient avait déjà reçu une ration de dattes séchées. Le grand prêtre Setaou avait prononcé un bref discours dans le but de rassurer sa troupe. Le nombre de lits n'étant pas suffisant pour assurer le confort de tous les membres principaux du groupe, on avait utilisé des sacs de lin rêche pour fabriquer quelques couches de fortune. Les domestiques avaient été rassemblés un peu à l'écart des autres. Visiblement, ils devraient se contenter de dormir sur le sol pierreux. Par souci d'économie, la plupart des flambeaux avaient été éteints. Assise seule dans l'ombre, Touia réfléchissait. Elle n'aperçut pas Setaou qui venait dans sa direction. En entendant ses pas, elle leva la tête. Le visage du prêtre affichait un grand désarroi. Il se laissa choir aux côtés de la jeune femme. Il exhala une brève plainte et il se malaxa longuement la poitrine de ses doigts maigres avant de dire :

— Je suis trop vieux pour ce genre de péripétie. Mon corps tombe en ruine... De toute façon, tout est fini. Nos ennemis occupent le repaire. Ils ont établi un camp au cœur de notre village.

— Comment le sais-tu ? demanda Touia en sursautant légèrement.

D'un geste las, l'homme de culte désigna le lac souterrain. Il expliqua :

— L'eau qui alimente le bassin qui longe la façade du Temple des Ténèbres provient d'ici. Cette retraite est située directement sous le sanctuaire. Vois-tu ces gros rochers qui se trouvent là-bas ?

Le regard de Touia se tourna vers le recoin baigné d'obscurité que le vieil homme pointait du doigt. Elle ne distingua que des formes confuses, mais elle fit tout de même un signe affirmatif du menton. Setaou enchaîna :

— Au sommet du plus haut de ces rochers, il y a une faille qui permet d'observer ce qui se passe devant le temple… Je viens de grimper là-haut avec l'un des gardes qui nous ont suivis jusqu'ici… J'ai pu apercevoir des soldats qui transportaient les cadavres de quelques-uns de nos frères à l'intérieur du sanctuaire. À première vue, ces gens semblent beaucoup moins nombreux que nous l'étions, mais les ignobles astuces qu'ils ont utilisées la nuit dernière leur ont conféré un net avantage sur nos vaillants guerriers. Ils sont indignes de leur triomphe, mais cette vérité ne ramènera pas les fidèles adeptes du divin Apophis… J'ignore combien de temps ces soldats resteront. Nous sommes cinquante. Peut-être même un peu plus. Bien sûr, nous pouvons compter sur une certaine quantité de vivres. Seulement, même en mangeant très peu, nous aurons du mal à subsister durant plus de deux semaines. Nous sommes pris au piège, Touia. Dans cette cachette, il y a des arcs, des flèches et des lances en nombre suffisant pour armer chacun de nous. Mais il serait insensé de tenter une sortie. Nous n'avons que six guerriers. Les domestiques ne savent pas se battre. Nous non plus. Une pareille tentative équivaudrait à un suicide.

— C'est évident, approuva la jeune femme. Pourtant, il ne faut pas désespérer. La grande grotte principale est très sombre. Si ce n'est pas déjà fait, les flambeaux qui éclairent la façade du temple s'éteindront d'ici quelques heures. Il serait étonnant que nos adversaires se donnent la peine de les rallumer. Ils ont établi leur camp dans le village. La lumière sera sans doute concentrée là-bas. Il y a bien deux cents coudées entre le sanctuaire et les premières maisons... D'ici quelques jours, l'ennemi relâchera sa vigilance. La nuit, la plupart de ces gaillards dormiront. Il suffirait que l'un de nos gardes se faufile jusqu'à la réserve pour nous rapporter de la nourriture...

— Comment pourrait-il y arriver? Il est hors de question que nous empruntions l'entrée du passage secret. L'intérieur des quartiers de Baka doit grouiller de soldats. Si nous étions surpris, notre refuge serait vite envahi.

— Je ne parle pas du passage secret, Setaou. Notre envoyé pourrait simplement passer par la faille qui vous a permis d'observer les combattants de l'Empire...

— N'y compte pas, soupira le vieux. Cette faille est beaucoup trop étroite pour permettre à un homme de s'y faufiler. Un gamin aurait du mal à y parvenir. Il faudrait qu'il n'ait que la peau et les os. Et puis, cet orifice se trouve à une trop grande distance du sol. Même s'il était assez large, celui qui parviendrait à atteindre l'autre côté serait incapable d'emprunter le même chemin en sens inverse…

Le prêtre se pencha alors pour chuchoter à l'oreille de Touia :

— Les serviteurs ne nous seront d'aucune utilité. En les éliminant, nous économiserions beaucoup sur les vivres…

La suggestion fit légèrement tressaillir la jeune femme. Elle avait besoin des domestiques. Ils comptaient pour beaucoup dans la réussite de son plan. Mais la compassion n'était pas l'un des sentiments que Touia était capable d'éprouver. Setaou ne l'ignorait pas. Or, si elle s'était portée à la défense de ces misérables, le vieillard n'eût pas manqué de trouver son comportement étrange. Sans broncher, elle fit remarquer :

— Nos combattants ne sont pas des Hyènes, Setaou. Les crois-tu capables de se livrer à une tâche aussi sanglante ? Ces gens vont hurler comme des chiens battus lorsqu'ils seront exécutés. Je pense que…

— Loin de moi l'idée de provoquer un carnage, l'interrompit le prêtre en émettant un faible rire. Il n'y a pas que de l'or et des joyaux dans la salle du trésor. C'est là que les armes dont je t'ai parlé sont entreposées. Nous disposons aussi d'une réserve de poisons qui, sans exagérer, suffirait probablement à terrasser une bonne centaine d'hippopotames. Nous n'aurions qu'à empoisonner la nourriture destinée aux serviteurs. Ainsi, ils mourraient discrètement... Ces substances sont virulentes et très précieuses. Elles ont été élaborées par de brillants apothicaires... Elles t'auraient grandement inspirée à l'époque où tu projetais d'assassiner la belle Irou...

La figure à tout instant inexpressive de Touia devint livide. Ses lèvres se mirent à trembler et un éclair de stupéfaction passa dans ses yeux. Setaou hocha lentement la tête, puis il poursuivit:

— Eh oui, Touia, le maître et moi avons toujours su que tu avais déposé ce scorpion dans le lit d'Irou. Comment aurions-nous pu nous laisser abuser par une gamine de quatorze ans? Tu sortais à peine de l'enfance. Pourtant, tu n'avais eu aucun scrupule à provoquer le massacre de toute ta famille... Tu étais le mal incarné. Au début, tu te montrais volubile, frivole et rieuse. Tu t'efforçais de ressembler à tes consœurs, mais le maître n'était pas dupe. Il avait la certitude que tu tenterais d'assassiner sa favorite. Cette éventualité l'amusait. Ta ruse et ta méchanceté le fascinaient... Le soir du meurtre, quelques heureuses circonstances ont fait en sorte qu'il t'a vue pénétrer dans la chambre de ta victime. Le maître n'était pas du tout attaché à Irou. D'ailleurs, Touia, après tout le temps que tu as passé auprès de lui, tu as bien dû te rendre compte que Baka n'aimait aucune de ses épouses. De même, il n'a jamais éprouvé la moindre tendresse à ton égard. Il t'admirait, cependant. Et, si tu veux mon avis, l'admiration est beaucoup plus noble que l'affection. Après la mort de sa favorite, le maître a fait mine d'être triste afin de vérifier s'il pourrait éveiller en toi de quelconques regrets. Il fut très satisfait de ne pas y parvenir… Tu as toujours su te montrer digne des attentes de ton auguste époux, belle Touia. Tu es une créature dangereuse. Pour le moment, je représente l'autorité dans ce refuge. Je veux que tu saches que je réalise fort bien que ta présence à mes côtés met ma vie en péril. Je serais sans doute plus en sécurité en me livrant à nos ennemis. Qu'en penses-tu?

Les traits de Touia étaient redevenus indéchiffrables. Elle observa un moment ses ongles impeccables, puis elle déclara d'une voix profonde comme un grognement de fauve:

— Il n'y a pas que ton corps qui tombe en ruine, Setaou. Je constate que ton esprit ne semble guère mieux se porter. Si tu me crains tant, pour quelle raison ne demandes-tu pas aux gardes de m'éliminer?

Le vieil homme haussa les épaules avec lassitude. Il murmura :

— Je n'ai pas peur de mourir, Touia. Le maître n'est pas venu nous retrouver. Qu'il soit mort ou captif, le résultat demeure le même : les adorateurs d'Apophis n'existent plus. Nos hordes ont été décimées. Je n'ai plus de temple pour célébrer le culte du grand serpent. Je trouve cette conclusion injuste, mais, en y songeant bien, il est égoïste de ma part de considérer les choses ainsi. Car le grand cataclysme viendra bientôt proclamer le règne du chaos sur toute chose. Nous avons empêché le sauveur de l'Empire d'achever sa quête. Notre mission est accomplie. Les guerriers qui ont versé le sang des nôtres dans l'enceinte sacrée n'ont rien gagné ; un homme peut bien tuer un cobra qui l'a mordu, mais, puisque le venin court déjà dans ses veines, la mort de la bête ne le sauvera pas. Ces lâches ne pourront pas s'enorgueillir bien longtemps de la victoire qu'ils viennent de remporter. Dans un an, ils périront tous.

Touia avait fermé les paupières. Elle semblait sur le point de s'assoupir. Le grand prêtre fit la moue et il se leva en gémissant. La jeune femme lui saisit le poignet pour le retenir. En étouffant un bâillement, elle affirma :

— Certains de nos ennemis pourraient mourir bien avant la fin des fins.

— Que veux-tu dire ?

— Je parle de vengeance, Setaou. Ces hommes ont massacré nos frères. J'estime que nous devrions riposter.

Le grand prêtre regarda la femme d'un air irrésolu. Après un court silence, il balaya l'air d'une main preste pour jeter :

— Tu peux bien affirmer que mon esprit s'égare, Touia. Tu raisonnes toi-même comme une jarre. En plus, tu perds la mémoire ; tout à l'heure, lorsque j'ai dit qu'il serait fatal pour nous de sortir d'ici, tu étais d'accord avec moi. À présent, tu veux jouer les guerrières.

— Je préfère utiliser la ruse plutôt que les armes, Setaou. Dans ce trou, les lances sont inutiles. Par contre, nous disposons de tout ce qu'il faut pour organiser une réplique qui fera regretter à ces gaillards d'avoir envahi notre repaire… Tu ne vois toujours pas où je veux en venir ?

Le grand prêtre ouvrit les bras et secoua la tête de gauche à droite pour exprimer son ignorance. La jeune femme se leva à son tour. Elle planta son regard dans celui du vieux avant de dire :

— Les soldats de l'Empire n'ont tout de même pas transporté le Nil avec eux. Pour s'abreuver, ils doivent d'ores et déjà puiser dans le grand bassin… Nous avons du poison, Setaou. Beaucoup de poison… En contaminant le seul plan d'eau dont ils disposent, nous ferions un grand tort à nos ennemis. Bien sûr, ils ne succomberaient pas tous. L'alerte serait donnée dès que les premiers hommes tomberaient. Seulement, pour ne pas mourir de soif, les autres devraient retourner là d'où ils sont venus. Avant de procéder, nous n'aurions qu'à faire une bonne réserve d'eau pure…

Les traits du grand prêtre exprimèrent d'abord un vif étonnement. Il passa une main fébrile sur son crâne rasé et il se mura un instant dans ses réflexions. Soudain, sa figure ravinée s'éclaira d'un large sourire. Il contempla la jeune femme avec fascination pour lancer à voix basse :

— Ton idée est excellente, Touia. Nous agirons quelques heures avant l'aube. Nous allons…

Un appel discret se fit entendre dans le refuge :

— Grand prêtre Setaou… Où êtes-vous, grand prêtre Setaou ?

L'homme de culte fronça les sourcils. Il quitta Touia pour s'avancer dans la lumière des quelques torches qui brûlaient encore. Un garde manifestement consterné émergea à son tour de l'obscurité. Il se précipita à la rencontre du vieillard. Ce dernier demanda :

— Que se passe-t-il, mon gaillard ?

— J'ai… C'est le maître, grand prêtre Setaou… Il… il est… il est mort… J'ai vu des soldats transporter son cadavre dans l'une des demeures du village… J'ai reconnu la robe de cérémonie de notre chef vénéré.

Le combattant fit un violent effort pour retenir ses larmes. D'une voix étranglée par l'émotion, il ajouta :

— Nos ennemis semblent se préparer à prendre du repos. Dois-je regagner la faille pour continuer ma surveillance ?

— Ce ne sera pas nécessaire, mon brave, soupira le prêtre en lui touchant délicatement l'épaule. Tu viens de me confirmer ce que je redoutais le plus.

En apprenant la nouvelle, les occupants du refuge furent atterrés. Les prêtresses d'Apophis et les épouses de Baka s'abîmèrent dans d'intarissables sanglots. Touia joignit ses lamentations à celles des autres. Elle pleura avec tant de zèle qu'aucun des fugitifs n'eût pu mettre en doute la sincérité du chagrin qu'elle simulait. Les domestiques se firent plus discrets, mais, en dépit des tourments qu'ils avaient subis dans l'entourage du maître, ils furent nombreux à déplorer sa perte.

Le groupe des serviteurs comptait trois enfants. Ce soir-là, personne ne remarqua qu'il en manquait un. En effet, le petit Hapou s'était enfui. Plus tôt, tandis qu'il flânait au bord du lac, le garçon avait aperçu le vieux prêtre et l'un des gardes qui escaladaient l'amas rocheux conduisant à la faille. Hapou avait suivi les hommes des yeux. Il avait pu distinguer le trou devant lequel ils s'étaient postés. Lorsque le combattant était redescendu pour annoncer au prêtre qu'il venait d'apercevoir le cadavre de Baka, Hapou en avait profité pour grimper là-haut. En examinant la faille de plus près, il n'avait pas hésité à saisir la chance qui s'offrait à lui. Le petit était très maigre. Malgré tout, il avait failli rester coincé dans l'étroit passage. Lorsque ses épaules avaient enfin émergé dans la grande grotte où l'ennemi s'affairait, Hapou s'était retrouvé en pleine lumière. Il eût aisément pu se faire repérer. Au risque de se rompre le cou, il s'était laissé tomber sur le sol rocheux. Les appels des soldats avaient couvert la plainte aiguë qu'il avait émise en s'écrasant. L'enfant avait rampé pour se réfugier dans l'ombre. Il avait pleuré un moment parce qu'il avait très mal. Ensuite, il avait attendu. Hapou ne craignait pas les soldats. Il était convaincu qu'il arriverait à déjouer leur vigilance. Il comptait se faufiler jusqu'au désert pour se lancer à la recherche de son père.

5
LE PETIT ÉVADÉ

La chambre de Baka était digne d'un roi, ce qui, en soi, n'avait rien de surprenant; le chef des ennemis de la lumière avait déjà occupé le trône d'Égypte. Tous les meubles étaient recouverts de feuilles d'or. L'une des cloisons était ornée d'un large symbole d'Apophis entièrement composé de fragments de turquoise et de lapis-lazuli. Sur la voûte étaient peintes des scènes colorées et savamment exécutées qui illustraient d'horribles rites sacrificiels. Douze statues de pierre sombre représentant le chef des adorateurs du grand serpent formaient une haie d'honneur au centre de la pièce. Leonis, Montu, Menna et Sia se tenaient debout contre un mur tapissé de tentures qui jouxtait le lit de Baka. Khnoumit était étendue dans ce lit. La figure de la malade était émaciée, son crâne pelé et son teint cendreux. N'eût été la flamme énergique qui éclairait ses prunelles, on eût dit que l'infortunée était sur le point d'exhaler son dernier soupir. Sa main squelettique et tremblante était posée sur l'avant-bras vigoureux de Hay qui était assis auprès d'elle. Khnoumit réclama à boire. Hay s'empara d'un gobelet d'eau fraîche qui reposait sur un guéridon. Il souleva délicatement la tête de son amour pour l'aider à étancher un peu sa soif. La femme but. Elle déglutit, et l'ébauche d'un sourire vint étirer ses lèvres fendillées. D'une voix éteinte, elle rappela :

— Il y a un peu plus d'un an, tu étais fort mal en point, mon cher Hay. À cette époque, c'était moi qui tenais le gobelet pour t'aider à boire.

— Je m'en souviens très bien, ma belle Khnoumit, assura le colosse.

La femme eut un rictus de dégoût. Elle soupira profondément avant de faire remarquer :

— Je ne suis plus belle, Hay. Je ressemble à une momie mal embaumée. Jamais je ne redeviendrai la femme que j'étais… Tu n'as pas à te comporter comme si tu ne voyais rien.

Hay prit alors un air sévère pour déclarer :

— Pour moi, tu seras toujours la plus belle, Khnoumit. Si tu crois que mes yeux me trompent, je n'y peux rien. Sia est certaine que, d'ici quelques semaines, tu auras déjà repris du poids et de la vigueur. Tu es vivante, mon amour. Tu vas guérir. Pour l'instant, c'est tout ce qui compte pour moi.

Les yeux de Khnoumit se mouillèrent. Une larme roula sur sa joue. Elle renifla et murmura :

— Je suis tellement fatiguée... Tu... tu es là, Hay. J'ai du mal à y croire. J'ai beaucoup prié Isis. J'espérais que tu viendrais me sauver... Mon espoir était naïf comme celui d'une petite paysanne qui rêve d'épouser un prince. Pourtant, tu es vraiment venu... Tu es venu me délivrer.

— Mes nouveaux amis m'ont tout de même donné un petit coup de main, plaisanta l'ancien adorateur d'Apophis. En plus, si la petite Tati ne m'avait pas reconnu, je serais sans doute mort dans un cachot.

Khnoumit tourna la tête et leva les yeux pour poser son regard sur le sauveur de l'Empire. Ce dernier lui adressa un sourire timide. La femme dit :

— Ta petite sœur m'a beaucoup parlé de toi, Leonis. Je suis heureuse de pouvoir enfin contempler ton visage.

— Tati m'a également beaucoup parlé de vous, noble Khnoumit. Puisqu'elle ne voulait pas vous trahir, elle n'a jamais prononcé votre nom. Seulement, elle m'a tout raconté de ce que vous avez fait pour elle. Aucun mot ne suffirait à vous exprimer ma gratitude.

— La présence de Tati dans ma demeure a été le plus beau des cadeaux, enfant-lion. Elle acquittait par ses sourires chaque bienfait que je lui offrais. Je n'ai aucun mérite, crois-moi. Durant quelque temps, elle a remplacé l'enfant que je n'ai jamais eu la chance de mettre au monde… Depuis ma capture, Baka m'assurait que la petite était morte. Il savait fort bien que rien ne pouvait me causer davantage de chagrin… Tu sembles embarrassé de me rencontrer, Leonis. Tu as tué mon frère, mais sache que je n'éprouve aucune rancœur envers toi. Vois ce que cet être inhumain a fait de moi. En l'éliminant, tu m'as libérée d'un grand mal.

Le sauveur de l'Empire hocha la tête en silence. Khnoumit se redressa pour s'adosser contre des coussins. Elle s'éclaircit la gorge et, en s'adressant à Menna, elle annonça:

— Vous pouvez y aller, jeune homme. Je suis prête à répondre à vos questions.

— Je vous en remercie, brave Khnoumit, répondit le commandant. Comme vous le savez, les adorateurs d'Apophis ont été écrasés par les combattants du lion. Je tiens à vous préserver de certains détails qui pourraient vous choquer. Vous devez cependant savoir que tous les adeptes qui se trouvaient dans le temple durant la cérémonie ont été éliminés. En outre, le repaire a été fouillé de fond en comble. Ceux qui se terraient dans les couloirs ont subi le même sort que leurs camarades.

— Je suis au courant de l'éclatante réussite de votre assaut, mentionna la femme. Je sais aussi que, selon toute vraisemblance, des gens sont parvenus à se réfugier dans la salle du trésor. Hay m'a parlé du grand prêtre Setaou et de ses vingt servantes du culte. Il m'a aussi appris que vous n'aviez pas trouvé les domestiques de Baka. De mon côté, j'ai la certitude que les épouses de mon frère comptent parmi ces fuyards. Il est possible qu'elles aient quitté le Temple des Ténèbres pour aller passer quelques jours dans l'un des nombreux domaines de Baka. Seulement, cela m'étonnerait ; hier, durant le repas du soir, elles étaient toutes présentes dans le quartier des femmes. Je partageais le quotidien de ces bavardes depuis ma sortie du cachot. Si elles avaient été sur le point de quitter le repaire, vous pouvez être sûrs qu'elles n'auraient parlé que de cela… Je vivais parmi les épouses de mon frère, mais n'allez surtout pas vous imaginer que je profitais des bienfaits qui leur étaient réservés. De toute manière, vous n'avez qu'à me regarder pour constater que je ne mens pas. Baka avait confié ma garde à sa favorite. Celle-ci s'est bien amusée à mes dépens. J'avais constamment les chevilles et les poignets liés. Je ne pouvais donc pas me servir de mes mains pour manger, et la cruelle Touia — c'est le nom de cette jeune vipère — se faisait une joie de me nourrir. Elle s'installait près de moi avec un plateau rempli de choses appétissantes. Il y a une douzaine de chats dans ces souterrains. Ils sont là pour chasser les bestioles nuisibles, mais ils ne chassent jamais. Ils se prélassent plutôt dans le quartier des femmes où ils peuvent trouver à manger sans trop d'efforts. Ces bêtes accouraient dès que Touia s'agenouillait devant moi. Elle me passait le plateau sous le nez. Ensuite, elle distribuait aux chats la majeure partie de la nourriture qui s'y trouvait. Je pouvais m'estimer heureuse si, après s'être livrée à son petit jeu, cette femme perverse consentait à m'offrir un petit morceau de viande. La plupart du temps, je n'avais droit qu'à quelques aliments qui ne suffisaient pas à apaiser ma faim : un morceau de pain, une feuille de laitue, quelques rondelles de poireau... Le vin qu'elle me donnait à boire était aigre... Les quatre autres épouses assistaient à ces séances en riant. Touia mise à part, les femmes de mon frère ne sont pas méchantes. Bien sûr, elles me détestent, mais, étant donné que j'ai trahi leur seigneur et maître, le mépris que je leur inspire n'a rien de surprenant. Avant ma tentative de fuite, ces femmes n'ont jamais manqué de me traiter avec respect. Quant à Touia, je sais qu'elle a toujours caressé le désir de m'assassiner. Toutefois, même après ma trahison, Baka ne lui aurait jamais pardonné un tel geste. Malgré tout, Touia n'a jamais rien fait pour masquer la haine qu'elle éprouvait envers moi. Ses paroles m'ont souvent blessée. Ces derniers temps, puisque j'étais à sa merci, elle a déployé des prodiges d'imagination pour me faire souffrir. Elle me répétait sans cesse que j'étais laide et elle veillait toujours à m'installer devant un grand miroir afin que je puisse constater par moi-même à quel point elle disait vrai…

Khnoumit s'interrompit. Elle prit sa tête entre ses mains et elle lâcha un petit rire flûté.

— Je suis désolée, dit-elle. Je vous parle de mes misères alors que vous avez sans doute mille autres choses beaucoup plus importantes à faire.

— Ce n'est rien, Khnoumit, la rassura Sia d'un ton rempli de douceur. Ton cœur est gorgé de souffrances. Il est sain de s'épancher comme tu le fais. De toute façon, s'il y a bel et bien des gens qui se cachent dans la salle du trésor, ils sont assurément plus anxieux que nous le sommes.

— En effet, approuva la malade, car, en vérité, leur refuge est une prison. Tout ce que je sais à propos de cette chambre secrète, c'est qu'elle ne comporte qu'une seule issue. Par malheur, j'ignore où elle est située. Lorsque Baka avait une grande quantité d'or à transporter dans la salle, il faisait accomplir la besogne par des esclaves. Quand le travail était terminé, il supprimait lui-même ces malheureux. Vous pouvez ignorer les couloirs et les grottes du repaire; le trésor des adorateurs d'Apophis est dissimulé quelque part entre les murs du temple. Il est même possible que l'accès que vous cherchez se trouve dans la pièce où nous sommes.

— Nous finirons bien par découvrir ce passage, fit Menna. Si les combattants du lion n'y parviennent pas d'ici quelques jours, les guerriers de Pharaon vont s'en charger.

Khnoumit fronça les sourcils pour demander:

— N'êtes-vous donc pas des soldats de l'Empire?

— Si, affirma Menna. Nos troupes font partie des armées du royaume, mais nos soldats sont des combattants d'élite qui ont été secrètement formés dans le but précis d'affronter les ennemis de la lumière. Mykérinos connaît l'existence des combattants du lion. Seulement, il n'a jamais été mis au fait de l'endroit exact où nos guerriers s'entraînaient. En ce moment même, il n'a pas encore été informé de notre victoire. Un messager est en route pour Memphis. Il devrait atteindre le palais dans la soirée… Le peuple ignore que, après l'avoir chassé du trône, Mykérinos a laissé la vie sauve à Baka. Cette erreur est à l'origine de la menace que fait planer le dieu-soleil sur l'Empire. Pour éviter de provoquer l'affolement de ses sujets, le roi a toujours tenu à ce que l'existence des adorateurs d'Apophis demeure un secret.

La figure hâve de Khnoumit s'éclaira d'un sourire. Elle regarda Leonis et, d'une voix joyeuse, elle lança :

— Baka prétendait que le sauveur de l'Empire était mort. Il clamait devant ses adeptes que la quête de l'élu des dieux avait échoué. Je suis convaincue qu'il le croyait. Mon frère tenait ces renseignements d'un vieux sage qui est resté quelque temps auprès de lui. Mais tu es devant moi, enfant-lion. Et je suis soulagée de constater que ce vieillard mentait.

Les aventuriers baissèrent simultanément la tête. Hay caressa le poignet osseux de

Khnoumit. Le sourire de la femme se changea en moue craintive. Il y eut un long silence que Leonis rompit en déclarant :

— Le vieux ne mentait pas, noble Khnoumit. Ma quête a échoué. En vérité, l'homme dont vous parlez se nomme Merab. Il s'agit d'un puissant sorcier. C'est à lui que je dois mon échec. Je n'ai pas rejoint le royaume des Morts, mais je suis passé très près de le faire... Les douze joyaux ne seront jamais réunis sur la table solaire. Puisque l'offrande suprême ne pourra pas être livrée, nous avons songé que Rê pourrait se satisfaire de la mort de votre frère. Je suis l'élu. J'ai tué Baka pour corriger l'erreur autrefois commise par Mykérinos. Nous devons maintenant attendre la réponse du dieu des dieux... Vous dites que le vieil homme est demeuré quelque temps auprès de votre frère. Quand a-t-il quitté le Temple des Ténèbres ?

— Je ne pourrais pas te répondre avec précision, Leonis. En raison des conditions dans lesquelles je vivais, je n'avais qu'une vague idée du temps qui passait. Le vieux est parti quelques jours après que Baka a décidé de me sortir du cachot. Cet étranger m'a examinée. Il a aussi soigné quelques-unes de mes blessures. Ses mains étaient froides comme la mort. Il me faisait peur. Je crois également que mon frère le craignait ; après son départ, Baka a semblé plus détendu.

Montu soupira :

— Au moins, à présent, nous savons que ce sombre individu est parti.

L'air songeur, Sia demanda :

— Merab n'aurait-il pas, par hasard, mentionné l'endroit où il comptait se rendre ?

— Non, répondit Khnoumit. Pour tout dire, cet homme ne m'a jamais adressé la parole. Il…

La malade fut interrompue par un cri rauque. Dans le couloir qui longeait les quartiers du défunt maître des adorateurs d'Apophis, une voix d'homme en colère s'éleva :

— Ce sale petit démon m'a mordu !

Une autre voix ajouta :

— Arrête de te débattre ! Tu n'iras nulle part, mon vieux !

Leonis et ses compagnons échangèrent un regard perplexe. Deux soldats pénétrèrent dans la chambre. L'un de ces gaillards maintenait fermement par les poignets un enfant chétif qui se débattait avec fougue. Le petit garçon poussa un second hurlement qu'il ponctua d'une menace tout à fait loufoque :

— Lâche-moi, gros babouin ! Lâche-moi ou tu le regretteras !

Menna s'avança vers les nouveaux venus. Le gamin l'aperçut. Il donna quelques coups de pied dans le vide ; puis, visiblement à bout de forces, il cessa de se débattre. Le soldat qui le retenait expliqua entre deux souffles :

— Ce morveux tentait de fuir le repaire. Il y était presque parvenu. Il avait rejoint la sortie lorsque nos sentinelles l'ont capturé.

— Qui es-tu, mon garçon ? le questionna Menna.

— Je ne dirai rien ! répliqua le gamin. Vous n'êtes que de gros singes puants ! Je n'ai pas peur de vous ! Je n'ai pas... je n'ai pas peu... eur...

L'enfant se mit à pleurer. Les mains robustes qui enserraient ses poignets frêles s'abaissèrent légèrement afin de lui donner la chance de s'asseoir. Le petit captif abandonna toute résistance. Il ferma les yeux, puis il s'effondra sur le tapis de joncs tressés qui recouvrait le sol. Le soldat posa un regard interrogateur sur Menna. D'un signe du menton, le jeune commandant l'autorisa à lâcher prise. Une fois libéré, le garçon s'étendit de tout son long. La figure entre ses bras, il demeura immobile pour laisser libre cours à la crue de ses sanglots. La sorcière d'Horus s'approcha de lui. Elle s'agenouilla à ses côtés et glissa une main tendre dans sa chevelure épaisse, sale et emmêlée. Avec douceur, elle dit :

— Tu n'as rien à craindre de nous, Hapou. Nous ne te voulons aucun mal.

Le petit cessa de gémir. Il dévoila son visage baigné de larmes pour observer Sia avec stupeur. La femme enchaîna :

— Tu te demandes comment il se fait que je connais ton nom, n'est-ce pas ? Si tu le veux bien, je te le dirai plus tard. Pour l'instant, tu dois te reposer. Tu es fatigué, mon enfant… très fatigué…

Hapou renifla. Ses traits se détendirent. Sa tête dodelina et ses paupières se fermèrent. La joue de l'enfant vint mollement s'appuyer contre son bras replié. Il dormait. Avant de se lever, Sia demeura un moment auprès de lui. Les soldats la regardaient, abasourdis par le prodige qu'elle venait d'accomplir. Sans leur prêter attention, l'enchanteresse s'avança vers Menna pour lui glisser à l'oreille :

— Ce garçon est un serviteur. Il s'est échappé de l'endroit que nous cherchons. Je l'ai lu dans ses pensées. Elles étaient confuses, mais je sais sans l'ombre d'un doute qu'il pourra nous aider à retrouver les fugitifs. Je l'ai envoûté pour qu'il se calme. Laissons-le dormir durant quelques heures. Il en a bien besoin. À son réveil, je sonderai ses souvenirs pour localiser l'entrée de la chambre secrète.

6

LE PROJET INSENSÉ
DE SIA

Le petit Hapou dormait depuis deux heures. Sia avait recouvert son corps frêle d'un drap de lin. Elle avait aussi glissé un coussin de cuir souple sous sa tête. La femme s'était ensuite agenouillée auprès de l'enfant, puis elle avait fermé les yeux dans une attitude de recueillement. À partir de cet instant, Sia était restée immobile. Le calme régnait dans la vaste chambre de Baka. Menna et Hay étaient sortis. Khnoumit s'était réfugiée dans le sommeil. Étendu sur le sol, Montu ronflait discrètement. L'enfant-lion était assis sur un tabouret. Le dos courbé, les coudes sur ses cuisses et le menton dans ses paumes, il songeait à Bastet. Après l'échec de sa quête, la déesse-chat avait cessé de communiquer avec lui. Reprendrait-elle bientôt contact ? Maintenant que les adorateurs d'Apophis avaient été vaincus,

Leonis eût aimé que sa protectrice se manifestât. Il avait tué Baka, et Bastet eût sans doute pu lui dire si cet acte suffirait à assurer le salut du peuple des Deux-Terres. Au fond de lui, l'adolescent sentait que tout était perdu, mais ce pressentiment, bien que tenace, ne lui apportait pas la moindre certitude. Si la déesse-chat était venue lui confirmer son échec, il eût au moins su à quoi s'en tenir. Le sauveur de l'Empire en avait assez de s'interroger au sujet du destin de la glorieuse Égypte. Il était épuisé, l'amertume le minait et il n'avait plus envie de se battre. Neuf mois auparavant, sur une île lointaine, Leonis avait vu le coffre qui contenait les trois derniers joyaux de la table solaire sombrer dans une rivière de feu. Par la suite, il avait affronté Hapsout, le contremaître du chantier où, naguère, l'enfant-lion avait travaillé comme esclave. Le sorcier Merab avait transformé ce vilain jeune homme en une redoutable créature. Si, ce jour-là, Leonis n'avait pas pu se changer en lion blanc, personne n'eût été en mesure de vaincre ce monstre. Bastet avait heureusement entendu l'appel de son protégé. Cependant, en lui permettant de se métamorphoser devant les habitants de l'île, la déesse-chat avait enfreint les règles divines. Était-ce pour cette raison qu'elle ne se manifestait plus? Rê l'avait-il punie? Leonis avait l'intuition que les choses s'étaient passées ainsi. Et, si c'était le cas, il s'agissait d'une terrible injustice. Par l'intermédiaire de Merab, le dieu du chaos avait aisément pu s'ingérer dans la quête des douze joyaux. Rê n'avait rien fait pour empêcher le sorcier de sévir contre le sauveur de l'Empire. Sur l'Île des Oubliés, la déesse-chat avait autorisé la transformation de l'élu afin de le soustraire à une mort certaine. Leonis considérait que la faute commise par Bastet était bien insignifiante en comparaison des sordides agissements de Seth.

Devant ses amis, l'enfant-lion faisait de son mieux pour dissimuler son angoisse, son désespoir et sa déception. Ses braves compagnons avaient vaillamment combattu à ses côtés. Menna et Montu avaient beaucoup souffert pour l'aider à accomplir sa quête. Ils ne méritaient assurément pas de voir le sauveur de l'Empire renoncer à toute espérance. Malgré tout, Leonis avait envie de baisser les bras. En dépit des efforts qu'il avait déployés, il n'avait pas été à la hauteur de sa mission. Il se sentait méprisable. Plus méprisable encore qu'en cette pénible époque où il avait été soumis à l'esclavage. Lors de leur dernière rencontre, il y avait déjà long-temps de cela, l'enfant-lion avait promis à la princesse Esa de revenir la chercher. Mykérinos s'était engagé à lui céder la main de sa fille s'il réussissait à livrer l'offrande suprême. Cette union eût condamné les jeunes gens à l'exil, mais la princesse avait affirmé que cette éventualité ne la troublait pas. La belle Esa était maintenant confinée dans un temple de Thèbes où des prêtres tentaient de la guérir de la folie qui la poussait à vouloir donner son cœur à un ancien esclave. Après tout ce temps, les savants de Pharaon avaient-ils réussi à lui faire entendre raison ? Leonis en était venu à le souhaiter. Désormais, il serait sans doute incapable de respecter son serment. L'adolescent pouvait tout de même se consoler en songeant qu'il reverrait bientôt sa petite sœur. Tati lui manquait beaucoup. Puisque le destin de l'Empire semblait scellé, il ferait en sorte de la rendre heureuse avant la venue du grand cataclysme. La fin du royaume, qui devait avoir lieu dans un peu plus d'un an, annulerait l'engagement qui liait Leonis aux Anciens. Il n'avait encore parlé à personne de la promesse qu'il avait faite à la mère de Sia. Pour le moment, cela importait peu.

Hapou émit un gémissement. Il gigota quelques instants pour tenter de libérer ses jambes du drap qui les enveloppait. Sa main tâta le vide autour de lui, puis il ouvrit les yeux. En apercevant la sorcière d'Horus, il se dressa sur son séant. Ses traits délicats exprimèrent la surprise. Il tourna promptement la tête de gauche à droite pour examiner l'endroit où il se trouvait. Le petit voulut se lever, mais ses membres s'empêtrèrent dans la couverture légère. Il retomba en poussant un grognement. Sia l'observait en souriant. Elle fit un geste de la main pour l'exhorter au calme. D'un ton chaleureux, elle dit :

— N'aie pas peur, mon enfant. Nous ne voulons que ton bien.

La figure de Hapou s'éclaira d'une lueur de compréhension. Manifestement, le souvenir des événements qui avaient précédé sa chute dans le sommeil lui revenait. Il ne se rappelait cependant pas que l'étrangère avait prononcé son nom. Sia avait agi ainsi dans le but de capter son attention. Après quoi, elle avait facilement pu l'hypnotiser. Tandis que le petit dormait, elle avait veillé à occulter ce détail de sa mémoire. L'enfant baissa les yeux pour éviter le regard de la sorcière d'Horus. Il plissa le front et il marmonna entre ses dents :

— Laissez-moi partir. Je dois m'en aller…

— Le désert est grand, mon petit, dit Sia. Dehors, la nuit est tombée. Il fait très froid. En plus, tu pourrais te perdre. Remarque que, demain, quand le soleil s'élèvera dans le ciel, sa chaleur deviendra vite insupportable. Tu risquerais de mourir de soif. Si tu acceptais d'attendre quelques jours, nous pourrions sans doute te conduire à l'endroit où tu comptes te rendre...

Hapou fit la moue. Il haussa les épaules et, au bord des larmes, il bredouilla:

— Je... je... dois partir tout de suite. Il... il faut que je retrouve mon père...

— Ton père, répéta la sorcière en lui caressant la tête. J'imagine que tu sais à quel endroit tu pourras le trouver...

Une perle diaphane glissa sur la joue cuivrée du gamin. Il renifla bruyamment avant d'avouer:

— Je ne sais pas où il est. Quand il est parti, le vieux avait besoin de serviteurs pour transporter ses choses... Le maître a ordonné à mon père et à d'autres hommes de partir avec le vieux. Ça fait longtemps... Mon père m'a dit qu'il reviendrait... Il... il n'est pas revenu. Je veux le retrouver... C'est pour ça que je dois m'en aller.

La sorcière ouvrit les bras. D'emblée, le petit s'y réfugia pour pleurer sans bruit. Montu s'était réveillé. Leonis l'avait rejoint. Ils restaient en retrait afin d'éviter d'effaroucher l'enfant. Sia leur adressa un sourire pour leur indiquer qu'elle maîtrisait la situation.

Lorsque le petit s'écarta d'elle, il semblait embarrassé de s'être laissé aller de la sorte dans les bras d'une parfaite inconnue. Sia s'empressa de le rasséréner :

— Il n'y a pas de honte à pleurer, mon ami. Tu es un garçon très courageux. N'as-tu pas réussi à fausser compagnie au grand prêtre Setaou ?

Ces paroles firent sursauter le gamin. Son visage devint livide et il bégaya :

— Com... comment peux-tu savoir que... que j'étais avec le grand prêtre ? Personne ne m'a vu... Quand je suis sorti du trou, je suis sûr qu'aucun de vos soldats ne m'a vu...

— Tu dis la vérité, mon garçon. D'ailleurs, si l'un de nos combattants t'avait remarqué, tu aurais certainement été capturé avant de pouvoir atteindre la sortie des souterrains. Je sais que tu étais avec Setaou simplement parce que nous cherchons cet homme. Nous savons qu'il est toujours vivant. Nous avons exploré tous les recoins du repaire et nous ne l'avons pas trouvé. Nous savons également qu'il se cache dans un endroit secret, et qu'il a entraîné avec lui les domestiques, les épouses de Baka ainsi que les prêtresses d'Apophis. Dis-moi, mon enfant, pourrais-tu nous indiquer l'entrée du passage secret que vous avez emprunté pour échapper à nos soldats ?

Un masque de frayeur couvrit la figure de Hapou. Il secoua la tête avec fougue pour répondre d'une voix forte et tremblante :

— Non! Si je faisais ça, le grand prêtre me tuerait! De toute façon, je ne pourrais pas vous conduire jusqu'au passage. Je n'ai rien vu. Je suis trop petit. Pendant notre fuite, des adultes m'entouraient et je ne voyais pas où nous allions. Je me suis échappé en passant par un petit trou. J'ai eu du mal à sortir tellement c'était étroit!

La sorcière d'Horus eut un geste d'apaisement. Elle pinça légèrement la joue du petit; puis, d'un air nonchalant, elle déclara :

— Je te crois, mon ami. Puisque tu es incapable de nous indiquer l'endroit où est située cette entrée, nous tenterons de le découvrir par nos propres moyens... Quel est ton nom, mon garçon?

— Je me nomme Hapou, confia le gamin avec un soulagement apparent. Et toi, qui es-tu?

— Je suis Sia, répondit la sorcière d'Horus en se levant. Les deux jeunes hommes qui nous observent se nomment Montu et Leonis. Montu est celui qui a les cheveux pâles.

Les aventuriers saluèrent le petit. Ce dernier leur rendit la pareille en s'inclinant en silence.

— Tu dois avoir très faim, Hapou, avança l'enchanteresse.

Le garçon fit oui de la tête. Sia prit sa main dans la sienne pour le guider vers une table basse sur laquelle reposaient quelques aliments. Hapou s'assit. Sans se faire prier, il s'empara d'un morceau de pain. La sorcière d'Horus l'observa quelques instants avant d'aller retrouver Leonis et Montu. Elle s'agenouilla auprès d'eux et, sur le ton de la confidence, elle leur annonça :

— Je dispose de suffisamment d'indices pour que nous puissions localiser l'entrée de la salle du trésor. Le petit est brillant. Il a menti en prétendant qu'il n'avait rien vu. Mais, lorsque je lui ai parlé du passage secret, une image bien nette lui a traversé l'esprit. L'un de vous pourrait-il aller chercher Menna ?

— J'y vais, dit Montu.

L'adolescent se leva d'un bond et, d'un pas vif, il se dirigea vers la sortie. Après un bref silence, l'enfant-lion demanda :

— Dis-moi, Sia, crois-tu que le vieux dont a parlé ce garçon était Merab ?

— Il s'agissait bien de Merab, assura la femme. Pendant que Hapou dormait, son esprit m'a révélé bien des choses. Je sais entre autres que son père est toujours vivant. J'ignore où il est, mais, ce soir, ce pauvre homme a pensé très fort à son fils. Je l'ai ressenti… Cet enfant me sera très utile, Leonis. Grâce à lui, je pourrai certainement retrouver mon vieil ennemi.

Le sauveur de l'Empire tressaillit. D'une voix blanche, et sans se préoccuper de la présence du gamin, il s'exclama:

— Tu ne comptes tout de même pas te lancer à la poursuite de ce fou! Ce serait insensé! Tu…

La sorcière posa un index sur ses lèvres afin de convier son compagnon à plus de discrétion. Leonis baissa le ton avant de continuer:

— Tu es trop faible pour te mesurer à Merab, Sia. Tu le sais bien, pourtant. Ma quête a échoué. Le sorcier de Seth a eu ce qu'il voulait. Désormais, il ne s'intéressera sans doute plus à nous… Ma mission est terminée, mon amie. Je n'aurai plus besoin de ton aide. Maïa-Hor et les Anciens t'attendent. Tu dois regagner ton monde.

Un éclat farouche incendia brièvement les prunelles noires de la femme. Elle déclara:

— Je ne retournerai pas chez moi avant d'avoir tout tenté pour éliminer Merab. Cet homme a tué mon fils. Si je renonçais à ma vengeance, je ne connaîtrais jamais l'apaisement… Cela ne te regarde pas, Leonis. Cela ne concerne pas davantage les Anciens.

— Tu seras comme l'antilope qui menace le lion de ses cornes fragiles, Sia. Ce sorcier se moquera de toi. Il te tuera.

— Alors, je mourrai, répondit l'enchanteresse.

— Nous irons avec toi.

— C'est hors de question, Leonis. Cette quête est la mienne. Je m'en voudrais de risquer vos vies en vous entraînant dans cette aventure. De toute façon, vos armes de mortels ne seraient d'aucune utilité contre la magie de Merab.

— Je te suivrai, Sia, insista le sauveur de l'Empire. Je suis sûr que Montu et Menna voudront t'accompagner sans hésiter.

La sorcière d'Horus eut un rire cristallin.

— Ce qui est merveilleux, observa-t-elle, c'est que tu crois vraiment à ce que tu dis, brave Leonis… Sache que j'apprécie grandement ton dévouement, mais je regrette de t'avoir entretenu de mes intentions. Quand le temps sera venu pour moi de partir à la recherche de Merab, je devrai faire en sorte de vous fausser compagnie. Je suis une sorcière, mon jeune ami. J'ai une façon bien à moi de disparaître sans laisser la moindre trace.

7

DISCRÈTE INTRUSION

Sia examina rapidement les scènes guerrières qui décoraient le mur. Elle contempla ensuite la grande statue de Seth qui se dressait sur sa droite. Après un moment de réflexion, elle fit volte-face pour considérer Leonis, Montu, Menna et Hay. Le visage jusque-là insondable de la sorcière d'Horus prit subitement un air de gaieté. En souriant de toutes ses dents, elle annonça :

— Nous sommes au bon endroit, mes amis. Cette pièce est bien celle que j'ai aperçue dans les pensées du petit Hapou. Le passage est dissimulé derrière cette scène où l'on voit six adorateurs d'Apophis tendre leur arc pour menacer le disque solaire.

Menna se dirigea vers le tableau en question. Du poing, il heurta la cloison qui rendit un son creux. La joie illumina ses traits. Il observa :

— Ce panneau se confond parfaitement avec la pierre du mur. Sans ce garçon, nous ne l'aurions sans doute jamais remarqué. Ce n'est que du bois. Pour libérer l'entrée, nous n'aurons besoin que d'un ciseau et d'un maillet.

— Il ne serait pas très prudent d'agir ainsi, rétorqua la sorcière. Le vacarme pourrait alerter les fugitifs. Il existe un moyen beaucoup plus simple de retirer cette planche. Regardez bien…

L'enchanteresse s'approcha de la sculpture dorée qui représentait le dieu Seth. Elle se pencha de manière à appuyer son épaule contre la cuisse de l'effigie. L'effort crispa ses traits. La statue pivota et un bruit sec se fit entendre. La sorcière se redressa en soupirant, puis se retourna pour regarder ses compagnons. Son visage était rieur. Elle lança à la blague :

— N'ayez crainte, mes amis. Le craquement que vous venez d'entendre ne provenait pas de mes os ! À présent, Menna, si tu veux bien tenter de retirer ce panneau, tu constateras qu'il n'y a rien de plus facile.

Le commandant plaqua ses paumes sur la cloison qui remua légèrement. Une fente étroite apparut dans la partie supérieure du tableau. Menna saisit son poignard de silex. Il enfonça le bout de la lame dans l'interstice.

Le panneau se détacha de la paroi et le jeune homme put l'enlever sans effort. L'entrée fut révélée.

En plissant les paupières pour scruter du regard le passage étroit et baigné de ténèbres, Montu chuchota :

— Il fait noir, là-dedans.

— En effet, approuva Sia. Ce couloir mène à un escalier que les soldats devront emprunter pour rejoindre les fugitifs.

— Ils sont faits comme des rats, assura fébrilement Menna en replaçant le panneau. Dis-moi, Sia, as-tu une idée du nombre de personnes que nous aurons à affronter ?

— Ils sont environ cinquante, répondit la femme. Il y a quelques combattants parmi eux. Quatre ou cinq, si je me fie à ce que j'ai vu en sondant l'esprit de Hapou.

Leonis planta son regard dans celui du jeune commandant pour lui demander :

— Vas-tu ordonner à tes hommes de tuer tous ces gens ? Ils ne sont pas tous des adorateurs d'Apophis. Les domestiques pouvaient-ils faire autrement que de servir Baka ? Leur présence dans le temple n'indique pas forcément qu'ils vénèrent le grand serpent. Hapou est parvenu à leur échapper, mais, parmi ces fuyards, il y a peut-être d'autres enfants…

Ces paroles laissèrent Menna pantois. Il hésita un long moment avant de confesser :

— Je n'y avais pas songé, Leonis. Avant l'assaut du Temple des Ténèbres, les combattants du lion avaient reçu l'ordre de ne faire aucun prisonnier. En y songeant bien, je dois admettre que, si Setaou n'avait pas entraîné les serviteurs avec lui, ces malheureux auraient sûrement rejoint le royaume des Morts... Tu... tu ne sais pas tout, mon ami... La nuit dernière, dans l'agitation de la bataille, nos soldats ont tué une dizaine d'individus qui n'avaient probablement rien à se reprocher... Leurs corps ont été transportés dans les dortoirs des Hyènes. Deux jeunes filles sont mortes. Elles ont été tuées dans le village des ennemis de la lumière. Tout porte à croire qu'il ne s'agissait que de simples servantes...

L'enfant-lion serra les poings. Il baissa la tête, ses lèvres s'entrouvrirent, mais il resta muet. Menna poursuivit :

— Ce genre d'incident était inévitable, Leonis. Il fait sombre dans ces souterrains, et nos combattants ne pouvaient pas prendre le temps de demander à tous les occupants du repaire de s'identifier.

— Je comprends, Menna, dit le sauveur de l'Empire. Cet assaut était déjà suffisamment risqué. Il ne fallait pas envenimer les choses en demandant aux combattants du lion d'essayer de repérer des innocents au milieu d'une armée d'ombres. Seulement, le prochain combat sera différent. Il y a très peu de guerriers dans les rangs des fuyards. Il sera sans doute impossible d'épargner tous les serviteurs, mais j'estime que tes hommes devraient faire de leur mieux pour éviter de tuer d'autres personnes inoffensives.

— Tu as raison, Leonis, approuva le jeune homme. Nous sommes en mesure d'attaquer avec précision. Il ne nous servirait à rien de décocher nos flèches sur tout ce qui remue. Par ailleurs, la nuit est déjà bien avancée. Ceux qui se terrent dans la salle du trésor doivent dormir. Nous serons discrets. Sois assuré que nous n'éliminerons que les individus qui représenteront une menace à notre sécurité… Viendras-tu avec nous, enfant-lion?

— Non, Menna. Ce n'est plus mon combat. En ce qui me concerne, j'ai déjà fait tout ce qu'il fallait pour l'Empire. Et puis, je ne suis pas un guerrier. Tes hommes ont été formés pour ce type de mission. Je risquerais de vous nuire.

— Je resterai avec Leonis, Menna, dit Montu. Je crois bien que ma carrière de soldat est terminée. Je sais que vous aurez du mal à vous débrouiller sans moi, mais, maintenant que les ennemis de la lumière ont été vaincus, j'ai envie de rentrer à Memphis en possession de tous mes membres. Au palais, une jolie fille m'attend.

Menna éclata de rire. Il ébouriffa les cheveux de Montu pour répliquer:

— Il vaut mieux pour toi que tu abandonnes, soldat Montu. Tu es d'ailleurs le seul combattant du lion qui n'a pas encore osé se raser la tête. Si tu restes parmi nous, tu peux être sûr que tes camarades vont corriger cet écart de conduite. Que penserait ta belle Mérit si tu te présentais devant elle sans ta flamboyante crinière?

— J'ignore ce que dirait Mérit. Mais tu peux bien parler de moi, mon vieux; tes cheveux sont presque aussi longs que les miens. J'espère que tu sauras tenir la promesse que tu as faite à tes hommes.

— Quelle promesse? l'interrogea le sauveur de l'Empire.

Menna expliqua:

— J'ai conservé mes cheveux dans le but de motiver mes hommes, Leonis. Il y a un an de cela, je leur ai dit qu'ils ne verraient mon crâne qu'après la victoire. Lorsque nous regagnerons notre campement, le lieutenant Taousrê se fera une joie de transformer ma tête en œuf… Il est temps de passer aux actes, mes amis. Je dois aller retrouver mes soldats pour désigner ceux qui m'accompagneront dans la salle du trésor.

Hay se racla la gorge. D'une voix incertaine, il demanda :

— Est-ce que je pourrais faire partie de ce groupe, commandant ?

— J'aimerais bien, Hay. Cependant, je ne compte utiliser que des archers. Dernièrement, tu m'as confié que ton bras gauche était trop faible pour tendre un arc…

— C'est vrai, concéda le colosse. Une flèche m'a déjà transpercé l'épaule. Mon bras n'a plus la force qu'il avait avant cette blessure. Mais, puisque je connais le grand prêtre Setaou, je pourrais vous le désigner. Pour le reste, je demeurerais en retrait. Je vous laisserais accomplir votre besogne…

— C'est d'accord, Hay, acquiesça Menna.

Le chef des combattants du lion et l'ancien adorateur d'Apophis quittèrent la pièce. Sia, Montu et Leonis discutèrent un moment avant de retourner dans la chambre de Baka.

Une heure plus tard, Menna, Hay et les trente archers qui les accompagnaient s'engagèrent dans le passage secret et atteignirent l'escalier qui conduisait vers le lac souterrain. Le jeune commandant éteignit sa lampe de cuivre. Hay, qui fermait la marche, fit de même. Le groupe fut alors plongé dans l'obscurité. En bas, aucune lueur n'était perceptible. Le silence était complet. Menna annonça à voix basse :

— Nous y sommes, les gars. Prenez garde de ne pas trébucher. Assurez-vous de toucher l'épaule de celui qui vous précède.

Dans son dos, il y eut quelques murmures d'approbation. Les arcs et les carquois cliquetèrent ; les soldats s'affairaient à les disposer de manière à rendre leur progression tout à fait insonore. Ils allaient pieds nus. Les degrés de l'escalier étaient plutôt abrupts et rudimentaires, mais ils accédèrent à la caverne sans incident. Les combattants du lion formèrent un rang compact contre la paroi de la grotte. Ils s'accroupirent pour attendre les ordres de leur chef. Menna et Hay se détachèrent du groupe. Ils se dirigèrent précautionneusement vers les feux de quelques torches qui se reflétaient sans altération dans le miroir obscur et tranquille du lac. Les deux hommes s'immobilisèrent près d'un amas rocheux pour observer les fugitifs. Inversement aux prévisions de Menna, plusieurs personnes étaient éveillées à l'intérieur du refuge. Dans une zone de la caverne où le sol était parfaitement lisse, une vingtaine de femmes formaient un large cercle. Assises sur le sol dans une posture qui évoquait celle des scribes, elles chantaient d'une voix aussi discrète que le son de la brise dans les roseaux. Au centre du périmètre qu'elles constituaient, un vieillard se dressait. L'homme portait une longue robe noire ornée de la marque des adorateurs du grand serpent. Les yeux fermés et les bras en croix, il remuait les lèvres dans une prière silencieuse. Menna songea alors que, même sans le concours de Hay, il eût facilement pu identifier le grand prêtre Setaou. Le commandant n'aperçut que deux hommes armés de lances. Ceux-ci étaient postés devant l'entrée d'un couloir. Le refuge était bien aménagé. Menna porta son attention sur ce qui semblait être une rangée de lits, mais, puisque ce secteur de la tanière disparaissait dans l'ombre, il ne pouvait rien affirmer. Le compagnon de l'enfant-lion sursauta lorsque Hay éternua bruyamment. Dans un chuchotement irrité, Menna lança :

— Tu es fou, mon vieux. Tu vas nous faire repérer.

— Je n'y suis pour rien, commandant, souffla le colosse. Je n'ai pas éternué. Je croyais que…

Un second éternuement se fit entendre. Cette fois, les deux hommes constatèrent que ce bruit provenait d'au-dessus de leur tête. Ils levèrent les yeux. Leur regard s'étant habitué à la pénombre, ils distinguèrent la silhouette d'un homme accroupi au sommet d'un gros rocher qui s'élevait à quelques pas d'eux. Menna tressaillit. Hay et lui avaient failli se faire surprendre! Il tendit la main pour inviter son compagnon à se replier. Ce dernier n'était déjà plus à ses côtés. En plissant les paupières, le jeune commandant parvint à le localiser. Avec l'aisance et la discrétion d'une araignée, Hay avait entrepris l'escalade du rocher. Menna eut l'impression que son cœur s'arrêtait de battre. L'audace de l'ancien adorateur d'Apophis l'exaspérait. Il appréciait le courage de cet homme; Hay avait grandement contribué au triomphe éclatant des combattants du lion. Toutefois, son acte irréfléchi risquait de compliquer les choses. Le commandant retint son souffle. Il doutait des chances de succès du colosse. Il était fin prêt à donner à ses soldats le signal d'attaquer.

Hay était maintenant à une coudée de la sentinelle qui, le regard plongé dans la faille, lui tournait le dos. L'arc et le carquois de l'homme étaient appuyés contre la paroi. Hay serrait son poignard entre ses dents. Le garde s'étira en bâillant. Lorsqu'il baissa les bras, une onde froide et indolore lui sillonna le cou. Hay plaqua sa main gauche sur la bouche de sa victime. Avant de mourir, sans un râle, et en n'éprouvant qu'une vague douleur à peine plus incommodante qu'une démangeaison, la sentinelle eut tout juste le temps de comprendre que quelqu'un venait de lui trancher la gorge. Quelques instants plus tard, Hay déposa délicatement son cadavre sur le rocher. Il jeta un bref coup d'œil dans la faille avant d'essuyer la lame de son poignard sur la tunique du mort. L'assassin glissa l'arme dans son fourreau de cuir. Il s'empara de l'arc et du carquois du garde. Ensuite, il redescendit pour aller retrouver Menna. Ce dernier l'accueillit froidement :

— Tu as couru un énorme risque, Hay.

— Vous me connaissez bien peu, commandant. Il n'y avait aucune chance que ce type détecte ma présence. Je suis convaincu qu'il est mort sans réaliser ce qui lui arrivait. Je ne sais presque rien faire de mes mains, mais aucun assassin n'est plus habile que moi. J'ai saigné cet homme comme un vulgaire chevreau et, même si je n'y vois rien, je peux vous assurer que je n'ai pas sali mon pagne. Il y a une brèche, là-haut. Elle a permis aux fugitifs d'observer ce qui se passait dans le village. Il s'agit sûrement de la faille par laquelle le petit Hapou a réussi à s'échapper…

Menna ne dit rien. Il porta de nouveau son attention sur les fuyards. Le grand prêtre

Setaou avait quitté le cercle formé par ses prêtresses. À présent, il discutait avec une magnifique jeune femme. Hay reprit la parole :

— Voilà Touia. C'est de cette chipie que Khnoumit nous a parlé, ce soir. Les quatre autres épouses du maître doivent dormir. Je n'aperçois que deux gardes. En comptant celui que je viens de tuer, ça ne fait que trois. Sia nous a parlé de quatre ou cinq guerriers…

— C'est vrai, confirma le jeune commandant, mais nous ne pouvons pas attendre que tous les occupants de ce refuge se montrent. Je ne vois aucun domestique. Ils se trouvent sans doute dans le passage que les gardes surveillent. Ce couloir conduit peut-être à la salle du trésor… Enfin, nous verrons bien. Allons retrouver les archers, Hay.

8
L'ÉVEIL D'APOPHIS

Menna distribua ses ordres. Les combattants du lion se déployèrent furtivement dans l'obscurité de la grotte. Ils se postèrent à des endroits précis. Afin de prévenir toute tentative de fuite, quatre guerriers demeurèrent à proximité de l'escalier. Hay comptait parmi ceux-là. Menna décocha la première flèche. Touia entendit un bruit sourd. Setaou, qui conversait avec elle, s'interrompit au beau milieu d'une phrase. La favorite de Baka vit les yeux du grand prêtre s'ouvrir démesurément. Sa figure ravinée exprimait une stupéfaction outrée. Il émit un râlement sifflant. Touia baissa les yeux. Lorsqu'elle remarqua la flèche qui transperçait la poitrine du vieillard, elle resta interdite. Ignorantes du drame qui venait de se produire, les prêtresses d'Apophis poursuivaient leur chant. L'homme de culte ne s'était pas encore écroulé lorsque les deux guerriers qui se tenaient de part et d'autre du couloir furent fauchés à leur tour. Durant les premières phases de l'assaut du Temple des Ténèbres, les combattants du lion avaient eu recours à des traits aux pointes empoisonnées. Mais, puisque le nombre de ces implacables projectiles était limité, les envahisseurs avaient achevé leur tâche — comme cela avait d'ailleurs été prévu — en utilisant des flèches ordinaires. Ainsi, c'étaient des flèches sans poison qui, cette nuit-là, dans la retraite des derniers fidèles du temple, furent employées par Menna et ses archers. À l'instar de celle de Setaou, la mort de l'un des gardes qui venaient d'être touchés ne fut pas instantanée. Avant de s'effondrer, il eut le temps de pousser un hurlement horrible, puissant et rauque qui se répercuta en écho sous la voûte basse de la grande salle souterraine. Les prêtresses interrompirent leur mélopée en poussant quelques bêlements de surprise. D'une seule et même impulsion, elles tournèrent la tête vers les cadavres des sentinelles. Plusieurs d'entre elles se levèrent d'un bond, mais, n'ayant pas la moindre idée de ce qui se passait, elles se mirent à courir en tournant en rond, en glapissant et en roulant des yeux fous. Paralysée, Touia fixait toujours Setaou qui, recroquevillé dans une mare de sang, battait furieusement des jambes. Provenant de certains coins de la grotte que la lumière des torches n'atteignait pas, d'autres cris apeurés se firent entendre. De manière à juguler le chaos imminent, Menna lança d'une voix forte et tranchante :

— Ne bougez plus ! Nous sommes nombreux et nos flèches sont pointées sur vous !

La bousculade éperdue des prêtresses d'Apophis cessa aussitôt. Dans des postures grotesques et inconfortables, les jeunes filles se figèrent comme des statues. En d'autres circonstances, la scène se fût sans doute révélée amusante. Touia demeura immobile. Ses yeux se détachèrent du grand prêtre agonisant pour se tourner vers le mur de ténèbres qui soustrayait l'envahisseur aux regards. Menna hurla de nouveau :

— Nous savons que vous êtes au moins cinquante ! Nous voulons que tous les occupants de cette grotte s'avancent dans la lumière ! Ceux qui n'obéiront pas vont mourir ! N'essayez pas de vous cacher ! Nous vous retrouverons !

Mis à part quelques gémissements aigus qui semblaient provenir de la section du refuge où Menna avait entrevu des lits, l'avertissement resta sans effet. Le commandant claironna :

— Ceux qui n'obéiront pas à nos ordres seront tués ! Le maître Baka est mort ! Les adorateurs d'Apophis ont été anéantis ! Le grand prêtre Setaou vient d'être terrassé! Vous n'avez plus de chef! Nous savons qu'il y a des serviteurs parmi vous! Ces gens peuvent se montrer sans crainte! Je n'aperçois que l'une des cinq épouses du maître! Si les autres sont dans cette caverne, nous voulons les voir! Livrez-vous, femmes! Pharaon vous jugera selon la justice de Maât! Dans le cas contraire, vous subirez sans délai la loi impitoyable de nos flèches! Je m'adresse maintenant aux quelques guerriers qui pourraient encore se trouver dans cette retraite: si vous êtes armés, déposez vos armes! Vous n'avez pas la moindre chance de nous vaincre!

Touia éclata en sanglots, puis elle se laissa choir sur le sol. Du côté du lac, un individu sortit de l'ombre. Il tendait ses bras tremblants de manière à bien montrer que ses mains étaient vides. D'un ton angoissé, il annonça:

— Je suis l'un des serviteurs de Baka, mes seigneurs! Je parle au nom de tous mes camarades! Nous sommes vingt-deux! Nous ne sommes pas armés! Nous désirons nous rendre et nous vous implorons de ne pas nous tuer!

— Montrez-vous sans crainte! réitéra Menna. Lorsque vous serez tous bien visibles, vous prendrez exemple sur Touia en vous

110

assoyant par terre ! J'ordonne aux prêtresses de faire de même !

Sans hésiter, les servantes du culte se jetèrent sur le sol. Le domestique qui venait de parler s'avança davantage dans la lumière des torches. Ses compagnons, le dos voûté et l'œil hagard, le suivirent. Les autres épouses de Baka quittèrent enfin leur abri de pénombre. Elles geignaient. Leur figure inondée de larmes portait encore les traces de leur sommeil abruptement interrompu. En détournant la tête pour éviter l'épouvantable spectacle que représentait le corps ensanglanté et encore tressaillant du grand prêtre, elles rejoignirent la favorite pour s'agenouiller auprès d'elle. Les domestiques furent bientôt tous réunis dans la zone éclairée par les flambeaux. Dans leurs rangs, Menna dénombra dix hommes, neuf femmes et deux enfants. Le serviteur qui s'était adressé aux combattants du lion avait mentionné la présence de vingt-deux individus. Son erreur venait probablement du fait que l'absence du petit Hapou était passée inaperçue. Le jeune commandant attendit un peu. S'il restait des adorateurs d'Apophis dans la retraite, ils ne se montrèrent pas. Menna y alla d'une dernière sommation :

— Il ne manque que les gardes ! Ceux qui se terrent encore doivent savoir que la sentinelle qui épiait notre campement a été éliminée! Étant donné que les deux guerriers qui surveillaient le couloir ont subi le même sort, quel espoir vous reste-t-il? Vous n'étiez déjà pas très nombreux… Soyez raisonnables, mes gaillards! Il arrive un moment où la bravoure prend des allures de folie! Je veux d'abord savoir exactement combien vous êtes! Je vais compter jusqu'à trois! Après cela, si je n'ai pas reçu de réponse claire, je tuerai l'une des épouses de votre défunt maître! Un…

Touia hurla:

— Il reste trois gardes! Ils dormaient lorsque vous nous avez surpris. Leurs couches sont là-bas!

De la main, la favorite désignait l'endroit d'où avaient surgi ses consœurs. Elle continua d'une voix implorante:

— Je vous en supplie, mes princes! Soyez cléments et ne nous exécutez pas! Libérez-nous plutôt de ces scélérats! Nous n'avons rien à voir avec leurs actes sacrilèges! Nous avons été victimes de notre grâce et de notre beauté! Nous étions captives du maître! Il nous a séparées de nos familles et nous l'avons toujours servi contre notre gré!

Une rumeur de protestation s'éleva du groupe des prêtresses d'Apophis. Setaou, qui s'accrochait à la vie, exhala un long râle. Les autres épouses de Baka étaient trop effrayées pour réagir aux paroles déloyales de Touia. Des bruits métalliques se firent entendre. Dans l'obscurité, les trois gardes avaient laissé tomber leurs armes. Les mains plaquées derrière la tête, ils abandonnèrent leur cachette; puis, d'un pas lourd et rageur, ils allèrent retrouver leurs compagnons d'infortune. En s'arrêtant à quelques pas de la jeune favorite, l'un d'eux lui lança:

— Ignoble traîtresse! Nous nous livrons pour épargner les vénérables compagnes de notre maître regretté! Tu n'étais pas digne de lui, Touia! Ta lâcheté déshonore sa mémoire!

La jeune femme ne répliqua pas. Menna jeta un ordre, et, accompagné d'une dizaine de ses guerriers, il s'approcha des fugitifs. Le commandant relâcha la tension de son arc. Il remit sa flèche dans son carquois. Ceux qui se trouvaient derrière lui n'abaissèrent cependant pas leurs armes. D'un regard froid, le chef des combattants du lion toisa longuement les prisonniers. Ensuite, il déclara:

— Je suis flanqué de dix guerriers, mais d'autres archers sont demeurés à l'arrière. Si l'un d'entre vous commet le moindre geste suspect, ils réagiront. Dans un moment, trois de mes soldats se chargeront de vous lier les poignets dans le dos. Bien entendu, vous êtes tenus de coopérer.

Il n'y eut aucune riposte. Menna leva la main et trois hommes munis de longues cordes de papyrus et de poignards émergèrent des ténèbres pour se mêler à l'assemblée des captifs. Ils tranchèrent quelques bouts de corde avant de se mettre à la tâche. Tandis que l'un des soldats entravait les poignets menus de Touia, celle-ci interpella Menna :

— Peux-tu t'approcher de moi, brave guerrier ?

Menna fronça les sourcils. La magnifique jeune femme levait dans sa direction un visage sur lequel se lisaient à la fois la détresse et l'admiration. Il vint s'immobiliser à deux coudées d'elle. La favorite grimaça lorsque, brutalement serrée par les mains vigoureuses du soldat qui s'affairait à la nouer, la corde lui lacéra la peau. Mais la figure de Touia retrouva vite cet air navré qui se teintait d'un vague soupçon de déférence. Menna lui demanda :

— Que me veux-tu, Touia ?

— Tu connais mon nom, fit la belle avec un sourire mielleux. Qui a bien pu te le révéler, sinon les dieux ?

— Les divinités n'ont rien à y voir, Touia. Je tiens ce renseignement de Khnoumit.

Elle sera sans doute plus qu'enchantée de te revoir...

Les traits de Touia exprimèrent un profond chagrin. Ses yeux en amande se mouillèrent davantage. Elle secoua lentement la tête pour soupirer :

— Cette pauvre Khnoumit a tant souffert... Elle doit me trouver bien malfaisante. Si elle pouvait comprendre que tous les tourments que je lui ai fait endurer émanaient de la volonté de Baka... Le lui diras-tu, mon beau prince ? Si tu savais combien il me répugnait de traiter cette brave femme avec autant de cruauté... Mais je n'avais pas d'autre choix... Cette nuit, les divinités ont exaucé mon vœu. Hathor m'avait annoncé ta venue, mon vaillant sauveur. Tu es là, à présent, et je ne crains plus rien.

Le commandant resta bouche bée. Au risque de se blesser, Touia se projeta vers l'avant. Sa joue s'écrasa sur le pied droit de Menna. Dans cette posture de prosternation, la favorite continua d'une voix faible et extatique :

— Hathor ne s'était pas trompée : elle m'avait annoncé la venue d'un chef de guerre incomparable qui mettrait un terme aux agissements maléfiques de l'ignoble Baka. Ce merveilleux jeune homme me délivrerait.

Dans mes songes, Hathor murmurait que la clémence de mon sauveur serait grande. Elle me disait aussi qu'il ferait de moi son épouse dévouée… N'as-tu jamais rêvé d'une femme telle que moi dans ta demeure, noble prince? Je ravirai tes yeux, je comblerai tes sens, je…

Menna s'accroupit. Il saisit doucement Touia par les épaules pour l'aider à s'age-nouiller. Le regard trouble de la femme croisa le sien. Un parfum suave chatouilla les narines du jeune homme. Sans qu'il eût le temps de réagir, la belle plaqua ses lèvres sur les siennes. Ce tendre contact fut bref mais enivrant. Sans brusquerie, Menna repoussa Touia. Lorsqu'il se releva, le visage du compagnon de Leonis était légèrement empourpré. Il passa un doigt distrait sur sa bouche. Il avait l'impression qu'un baume recouvrait maintenant sa lippe. Il recula d'un pas pour bredouiller:

— Je… je suis venu pour vaincre Baka et ses… et ses hordes. Il… il ne m'appartient pas de te juger, Touia… Pharaon le fera…

La voix de Hay retentit:

— Tu n'auras jamais cette chance, vipère!

À l'intérieur du groupe de prisonniers, quelques exclamations craintives se firent entendre. Les yeux de la favorite s'agrandirent. Menna se retourna pour apercevoir Hay qui venait de s'immobiliser près de lui. Le visage décomposé par l'effort et la haine, le colosse tendait un arc. Ses bras tremblotaient. Sa flèche était pointée sur la poitrine de Touia. Soudainement, le chef des combattants du lion recouvra la part de sang-froid que lui avait ravie le baiser de la favorite. Il ordonna:

— Abaisse cette flèche, Hay! Cette femme est captive! Si elle est coupable de quoi que ce soit, Mykérinos la condamnera comme elle le mérite!

Le colosse émit un rire grinçant. Sa bouche se tordit dans un rictus et son arc se courba encore plus. Entre ses dents, il proféra:

— Non, commandant! Elle doit mourir tout de suite! Douteriez-vous de sa culpabilité? Vous aurait-elle déjà charmé? Ne vous laissez pas berner! Car cette splendide créature est pareille au cobra qui envoûte l'oisillon avant de le dévorer vivant! La haine que j'éprouve envers elle est si forte qu'elle me permet de trouver la force de tendre ce grand arc! Je vais abattre cette vermine! Je vais venger ma pauvre Khnoumit!

— Tu ne feras rien de tel, Hay! riposta Menna. Ta bienveillante Khnoumit ne le voudrait pas! En outre, tes bras tremblent trop! Tu risquerais de manquer ta cible et de blesser un innocent! Détends ton arc, Hay... Khnoumit aura l'occasion de témoigner de la méchanceté de cette femme. Elle pourra elle-même se venger en contribuant à sa condamnation.

Hay poussa une série de grognements hargneux. Il menaça encore Touia durant quelques ultimes instants avant de renoncer à son projet de vengeance et de relâcher la tension de l'arc. Il laissa tomber l'arme et le projectile sur le sol pierreux. Ensuite, il se débarrassa rageusement de son carquois pour le lancer dans l'eau tranquille du lac souterrain. Son regard torve se posa un moment sur Menna ; puis, en balayant l'air de la main, Hay tourna les talons pour quitter la scène. La favorite de Baka se rendait compte que le jeune guerrier qu'elle avait tenté de séduire n'avait guère l'intention de la soustraire au jugement de Mykérinos. À l'évidence, tout était perdu pour elle. Elle bouillait de rage, mais elle n'avait pas peur. Ses lèvres s'étirèrent dans un sourire de carnassier. Elle cria :

— C'est cela, Hay ! Va retrouver la vieille et méprisable Khnoumit ! Je sais maintenant à qui nous devons cette défaite ! Comment se sent-on après avoir aussi bassement trahi ses anciens compagnons d'armes, Hay ? Les Hyènes étaient de braves et loyaux combattants ! Baka en était fier ! Comment aurait-il pu savoir que l'homme le plus lâche d'Égypte se trouvait parmi eux? Va, Hay! Retourne auprès de cette affreuse momie! Tu...

Il y eut un choc violent. La favorite sombra immédiatement dans l'inconscience. Elle s'écrasa face contre terre avec la lourdeur inerte d'un sac d'orge. Menna massa son poing légèrement endolori par le coup qu'il venait d'asséner sur le crâne de Touia. Il observa sa victime en maugréant comme pour lui-même:

— Pauvre folle. J'aurais dû laisser Hay accomplir tranquillement sa besogne. Dire que cette hyène m'a embrassé...

Un soldat s'approcha de lui pour l'informer du fait que tous les prisonniers étaient maintenant ligotés. Le chef des combattants du lion hocha la tête d'un air satisfait. Il était sur le point de s'adresser aux captifs lorsque, sous ses pieds, le sol trembla. Une vague de murmures interrogatifs vint meubler le silence du refuge. Derrière Menna, un archer demanda:

— Qu'est-ce que c'était, les gars?

Un autre combattant répondit:

— La terre a tremblé. Ce sont des choses qui peuvent arriver. Ce n'est rien, à mon avis.

Un second tremblement, nettement plus fort que le premier, se fit sentir. Des fragments de pierre se détachèrent de la voûte. Ils s'écrasèrent sans causer de dégâts. Cette fois, les chuchotements se muèrent en piaillements craintifs. Une exclamation nasillarde et rocailleuse s'éleva:

— C'est Apophis! C'est notre… dieu!

Menna baissa les yeux pour constater que le grand prêtre Setaou vivait toujours. Il avait même trouvé la force de s'appuyer sur un coude. C'était lui qui venait de parler ainsi. Malgré la proximité du trépas, le regard de l'homme de culte brillait d'un éclat vif. Ses lèvres ensanglantées s'étiraient dans un sourire euphorique. Une bulle rosâtre éclata entre ses dents. Il prononça ces dernières paroles:

— Écoutez-moi tous… C'est Apophis… Il vient pour… pour venger ses fidèles ador… adorateurs.

Les prunelles du vieillard se troublèrent. Son sourire se figea et sa tête retomba molle-ment. Il était mort. La foule s'agita. Des hurlements de frayeur fusèrent. Menna rugit:

— Restez où vous êtes! Nous allons tous quitter calmement cet endroit! Les serviteurs…

Il fut interrompu par une épouvantable secousse. Instinctivement, il protégea son crâne sous ses mains. Quelque part, il y eut un éboulis. Un bloc de pierre énorme vint fracas-ser la surface du lac. Épouvantés, plusieurs domestiques se levèrent pour se ruer en direc-tion de l'escalier. Menna cria à ses archers:

— Ne tirez pas !

Cet avertissement était inutile ; la secousse se prolongeait et les combattants du lion avaient du mal à conserver leur équilibre. Leurs arcs n'étaient plus tendus. En dépit de leur courage, ils n'étaient pas loin de céder à la panique. Le tremblement s'estompa enfin. Les domestiques qui restaient s'étaient tous levés. Les épouses de Baka étaient blotties les unes contre les autres. Elles pleuraient bruyamment. Menna profita de l'accalmie pour ordonner à un soldat qui se trouvait non loin de lui :

— Munis-toi vite d'une torche, mon gaillard !

Le combattant s'empressa d'obéir. En courant presque, il se dirigea vers un flambeau solidement coincé dans une rainure de la paroi. Il s'en empara et il revint vers son chef qui s'adressait maintenant aux captifs :

— Vous allez tous suivre cet homme ! Il vous guidera vers l'escalier qui vous permettra de quitter cette grotte !

Les serviteurs ne se firent pas prier. Ils formèrent un rang derrière le soldat. Les épouses du maître se mêlèrent à leur groupe. Toutefois, les servantes du culte d'Apophis demeurèrent où elles étaient. Les trois gardes firent de même. Menna lança :

— Levez-vous! Il est dangereux de rester ici!

Une prêtresse répliqua:

— Nous ne quitterons pas ce lieu! Notre dieu s'est manifesté! Nous le prierons! Nous le supplierons de déchaîner son courroux sur ceux qui ont osé profaner son divin temple! Vous allez périr!

— Obéissez immédiatement! aboya Menna tandis que le sol se remettait à vibrer. Ne m'obligez pas à...

L'un des trois derniers combattants de Baka éclata d'un rire puissant. Il jeta avec mépris:

— Que comptes-tu faire, pauvre imbécile? Si tu veux nous tuer, alors ne te gêne surtout pas! De toute façon, nous sommes condamnés! Vous ne vous en sortirez pas! Tu n'as jamais eu l'occasion d'admirer la puissance d'Apophis! Moi, j'ai déjà eu ce privilège! Votre attaque a privé le grand serpent du sacrifice qui lui était destiné! Il est très en colère! Son divin temple n'a pas fini de trembler!

L'homme se mit à rire de nouveau. Ses comparses l'imitèrent. Menna se retourna pour regarder les dix archers qui étaient demeurés à ses côtés. Il haussa les épaules avec dépit et il déclara:

— Nous devons partir. Quand les tremblements cesseront, nous reviendrons chercher ces prisonniers. Pour le moment, il est inutile de risquer nos vies pour cette bande d'entêtés.

Le jeune homme s'agenouilla devant Touia qui était toujours inconsciente. Il la souleva et il assujettit son corps gracile sur ses avant-bras vigoureux. Sans un regard pour les captifs, il conclut d'un ton ferme :

— Allons-y, soldats !

9

LA COLÈRE DU
GRAND SERPENT

Au moment où Menna, les archers et l'éclaireur qui marchait à la tête du groupe de prisonniers arrivèrent en vue de l'escalier, ils constatèrent que tous les combattants du lion qui étaient restés en retrait les attendaient toujours. Ils avaient allumé des torches. Les domestiques qui s'étaient sauvés en courant avaient été maîtrisés. Le commandant ordonna aussitôt :

— Il n'y a pas de temps à perdre, soldats ! Que cinq d'entre vous passent devant ! Les captifs vous suivront ! Lorsque vous aurez atteint le temple, vous rallierez tout de suite notre campement ! Mes lieutenants ont certainement déjà évalué la situation ! Si vous les rejoignez avant moi, vous obéirez à leurs directives ! Allez ! Dépêchez-vous !

Les combattants se consultèrent rapidement. Cinq hommes s'engagèrent dans l'escalier. Les deux premiers portaient des torches. Les prisonniers furent conviés à les suivre. Menna n'avait pas déposé Touia. Il s'approcha d'un soldat particulièrement costaud. En désignant la favorite du menton, il dit :

— Je te confie cette prisonnière, mon brave. Prends bien garde de ne pas la laisser tomber.

Le colosse empoigna Touia. Comme s'il s'agissait d'une quelconque pièce de viande, il la jeta négligemment sur son épaule. Avec gravité, il assura :

— Ne vous inquiétez pas, commandant Menna. Je ne la laisserai pas tomber. Cette belle dame atteindra la sortie sans une égratignure.

Menna accueillit cette réplique avec un petit rire malveillant. Il déclara :

— Je me moque bien des blessures que tu pourrais lui infliger. Je tiens tout simplement à ce que tu ne la lâches pas ; elle pourrait nous faire trébucher en déboulant les marches.

Le robuste guerrier dévisagea son commandant d'un air ahuri. D'un mouvement de la tête, Menna lui signifia de se hâter. Le colosse acquiesça du chef avant d'aller rejoindre la dizaine de captifs impatients qui attendaient toujours qu'un soldat les autorisât à s'engager sur les degrés inégaux de l'escalier. Menna fut le dernier à entreprendre l'ascension. Lorsqu'il quitta le refuge, la terre se mit à trembler de plus belle. Sous ses pieds, les marches tressautaient avec violence. Par bonheur, le couloir qui renfermait l'escalier était assez étroit pour que l'on pût s'appuyer fermement aux parois. Menna progressait lentement. Il avait l'impression d'être une souris dans le ventre d'un cobra parcouru de spasmes. Devant lui, les combattants du lion luttaient pour ne pas tomber. Leurs accès de toux, leurs râles et leurs jurons se mêlaient au grondement soutenu et rocailleux produit par la secousse. La lueur de la torche que portait l'un d'eux s'estompait dans un voile de poussière. Soudainement, dans un vacarme assourdissant, le sol se déroba sous Menna. Il tomba dans le vide en poussant un rugissement fugace et horrifié.

Le soldat qui tenait la torche fit demi-tour. À cet instant précis, les tremblements cessèrent. De l'endroit où ils se trouvaient, les combattants du lion purent constater que la secousse avait emporté une grande section de l'escalier. De toute évidence, leur valeureux commandant venait de sombrer dans cette crevasse. Celui qui portait le flambeau s'approcha du gouffre. En retenant son souffle, il abaissa la torche pour fouiller le vide du regard. Ses camarades le virent sursauter. Il recula d'un pas et, contre toute attente, il éclata de rire. Perplexes, d'autres hommes s'avancèrent. À leur tour, ils avisèrent Menna qui, debout au milieu d'un amoncellement de débris, époussetait rageusement le devant de son pagne ; la cavité dans laquelle il était tombé était peu profonde. Son rebord était cependant un peu trop élevé pour que le jeune homme pût s'en extirper sans aide. Les soldats ricanèrent. Menna leva la tête pour les considérer avec mauvaise humeur. Il dit sèchement :

— Quand vous aurez fini de vous moquer de moi, j'espère que vous m'aiderez à sortir de ce trou...

— Bien sûr, commandant, lui répondit l'un des hommes en s'accroupissant pour lui tendre une main secourable. Nous sommes désolés. Nous avons eu si peur. C'est le soulagement qui nous pousse à rire ainsi. Vous n'êtes pas blessé, au moins...

— J'ai mal un peu partout, grogna Menna en saisissant le poignet du combattant. Le grand arc que je tenais de mon père s'est rompu dans ma chute. Pour le reste, tout va bien.

Le chef fut hissé hors du trou. Ils reprirent leur progression et, sans qu'aucun autre événement fâcheux se produisît, ils accédèrent au couloir qui conduisait vers les quartiers de Baka.

Leonis et Montu attendaient leur compagnon devant l'entrée du passage secret. En l'apercevant, ils s'exclamèrent d'une même voix :

— Menna !

Du revers de la main, le jeune homme essuya sa figure couverte de poussière. Il se racla la gorge et il cracha sur le sol avant d'interroger :

— Que faites-vous donc encore ici, mes amis ?

— Nous t'attendions, répondit le sauveur de l'Empire. Nous n'avions pas l'intention de t'abandonner là-dedans. Ces secousses auraient bien pu provoquer un éboulis à l'intérieur du passage…

— Je suis sain et sauf, Leonis, trancha Menna d'un ton de reproche. Suivons mes hommes !

Les trois compagnons accordèrent leur pas à celui des archers. En quittant la pièce, le jeune commandant ajouta :

— Il aurait été préférable que vous sortiez d'ici. Où sont Sia, Hapou et Khnoumit ? Avez-vous croisé Hay ?

Montu le renseigna :

— Quand les secousses ont commencé, Sia nous a affirmé qu'elles étaient produites par le grand serpent. Des brèches sont apparues sur les murs et sur le plafond de la chambre du maître. Des débris ont commencé à pleuvoir et quelques statues se sont renversées. Nous avons tous quitté la pièce. Leonis transportait Khnoumit dans ses bras. Nous avons rencontré Hay dans le couloir. Il s'est chargé de la sœur de Baka. Sia, Hapou, Hay et Khnoumit ont quitté le temple pour rejoindre le village des adorateurs d'Apophis. Nous avons préféré t'attendre, Leonis et moi. Après tout ce que nous avons vécu ensemble, ce n'est pas quelques tremblements qui nous auraient forcés à t'abandonner. Nous avons…

Le Temple des Ténèbres s'ébranla de nouveau. La secousse fut de courte durée, mais sa puissance fut destructrice et mortelle. L'enfant-lion, ses amis ainsi que les vingt-quatre soldats qui les accompagnaient furent projetés à terre et secoués comme de vulgaires poupées de son. Les murs du couloir se lézardèrent. Des éclats de pierre acérés tailladèrent les corps et les visages. Un grand pan du plafond se détacha pour s'écraser avec fracas sur cinq guerriers. Ces hommes moururent instantanément. Les torches s'éteignirent. Le silence revint, entrecoupé par les plaintes des blessés qui résonnaient dans l'obscurité. L'air était quasi irrespirable. La voix enrouée de Menna retentit:

— Il faut faire de la lumière!

Quelques instants plus tard, une torche s'embrasa. Au cœur du brouillard poussiéreux qui envahissait le couloir, un gaillard poussa une plainte horrifiée.

— Qu'y a-t-il? questionna le chef en se relevant péniblement.

— Il y a des morts, commandant! Le... le plafond s'est effondré. Je vois des corps au milieu des décombres!

Le cœur de Menna se serra. Néanmoins, il fit en sorte de conserver son assurance; la vie de ses combattants en dépendait. D'une voix forte et dépourvue d'émotion, il lança:

— Ne vous préoccupez pas des morts, mes braves! Pour l'instant, seuls les blessés comptent! Si vous constatez que l'un de vos frères est inconscient ou incapable de marcher, vous l'aiderez à quitter les lieux! Est-ce que la voie est toujours libre?

Un guerrier répondit par l'affirmative. À ce moment, Leonis et Montu vinrent retrouver Menna qui, en remarquant leur présence, lâcha un long soupir de soulagement. Il se tourna vers eux en ordonnant encore à ses hommes:

— Il faut partir, soldats! Entraînez de gré ou de force ceux qui sont trop mal en point pour fuir, foncez jusqu'à la sortie du temple et ne vous retournez sous aucun prétexte!

Les guerriers s'activèrent. De nombreux flambeaux furent allumés. Les blessés furent déplacés sans trop de précautions, ce qui provoqua un brouhaha de gémissements étouffés, d'exclamations furibondes et de criaillements de douleur. Menna observa tour à tour Leonis et Montu. Il serra ensuite les mâchoires et il baissa la tête d'un air accablé. Une larme dessina une traînée laiteuse dans la pellicule poussiéreuse qui recouvrait sa figure. Après avoir laissé échapper un rire nerveux, il confia à ses amis:

— Je suis terrifié, les gars. Nous avons libéré quelque chose de beaucoup trop puissant. J'ai soumis mes combattants à une force qui les dépasse.

L'enfant-lion allégua:

— Tu ne pouvais pas prévoir qu'Apophis se manifesterait, Menna…

— Si, Leonis, affirma le jeune homme. Hay nous avait informés du fait que, durant les cérémonies, le grand serpent apparaissait devant ses adeptes. Cependant, pour que leur dieu se manifeste, il fallait que ses adorateurs lui ouvrent une porte qui se situe dans l'arène.

Après l'attaque, j'ai examiné l'énorme plaque métallique qui bloque cette issue. Un mécanisme situé sous les gradins permet de la soulever. Il faut la force de trente hommes pour actionner ce dispositif... Visiblement, Apophis a décidé de se frayer un autre passage et, même s'il n'y parvient pas, la fureur dont il fait preuve risque de détruire le repaire avant que nous puissions atteindre le désert.

Le sol recommença à gronder. Cette nouvelle secousse était cependant plus lointaine que la précédente. Le brouillard qui baignait le couloir avait perdu de sa densité. Un soldat muni d'une torche s'approcha de Menna pour lui dire :

— Il faut venir, commandant. Les autres ont atteint l'escalier. Ils sont en route vers la sortie.

Menna acquiesça en silence. Ils furent les derniers hommes à fouler le sol des luxueux quartiers du maléfique maître des adorateurs d'Apophis.

10

UN TERRIFIANT
FACE-À-FACE

En émergeant dans la grotte où les combattants du lion avaient établi leur campement, le sauveur de l'Empire et ses compagnons purent constater que les ravages provoqués par la colère du grand serpent s'étendaient bien au-delà des murs du temple. Le grand bassin était rempli de boue. Les statues colossales qui s'étaient mirées dans son eau n'étaient plus que des amoncellements de gravats. Quelques-unes des maisons du village s'étaient effondrées et d'énormes blocs de pierre jonchaient le sol de la vaste caverne. La magnifique façade du Temple des Ténèbres était défigurée. Çà et là, quelques cadavres mutilés gisaient dans des cocons de débris grisâtres et marbrés de sang. Des nuées de chauves-souris que l'agitation avait rendues furieuses voltigeaient en rasant le sol. Les soldats qui se trouvaient encore dans la grotte se débattaient avec énergie pour tenter de se soustraire aux dents et aux griffes de ces répugnantes bestioles ailées. Le lieutenant Djer, qui avait bravement attendu le retour de Menna, courut dans sa direction en courbant le dos. Il avait déployé une tunique rouge sur son crâne rasé afin de se protéger des chauves-souris. Pour se faire comprendre au milieu du tumulte des couinements stridents et agressifs qui emplissaient la caverne, il fut obligé de hurler :

— Vous voilà enfin, commandant ! Vous ne devinerez jamais ce qui se passe ! C'est invraisemblable ! C'est terrible ! C'est…

— Vous me raconterez tout cela plus tard, lieutenant ! trancha Menna. Je n'aperçois que quelques combattants ! Les autres ont-ils reçu l'ordre de quitter le repaire ?

— Bien sûr, commandant Menna ! J'ai ordonné l'évacuation des souterrains ! Si cette décision va à l'encontre de votre volonté, j'en serai le seul à blâmer !

— Vous avez bien réagi, lieutenant Djer ! Les combattants du lion devaient…

Une série de chocs monstrueux fit trembler la grotte. Aucun de ceux qui s'y trouvaient ne put rester debout. La façade du Temple des Ténèbres se fissura davantage.

L'un des gigantesques piliers du portail qui donnait accès à l'enceinte s'abattit avec fracas sur les marches de l'escalier côtoyant le bassin. Dans un tonitruant vacarme accompagné d'une redoutable grêle d'éclats, l'impressionnant linteau qui surplombait l'entrée s'écrasa sur les dalles. Il y eut une soudaine accalmie. Les chauves-souris avaient regagné les hauteurs de la caverne. Un rideau de particules en suspension donnait aux aventuriers l'impression d'évoluer dans une eau trouble. Menna demanda :

— Y a-t-il des blessés ?

Le combattant qui avait guidé son chef et ses amis jusqu'à la sortie du temple signala qu'il n'avait rien. Montu, l'enfant-lion et le lieutenant Djer firent de même. Menna toussota. Il annonça ensuite :

— Je suis heureux d'apprendre que vous allez bien, les gars, car vous allez devoir me soutenir. Je me suis sérieusement tordu la cheville.

Montu et le soldat s'approchèrent de Menna dans le but de l'aider à se relever. Le combattant du lion confia sa torche au lieutenant Djer qui s'en saisit en déclarant :

— Il faut s'éloigner au plus vite de ce temple, mes amis. Vous allez certainement croire que j'ai perdu la raison, mais je vous affirme que c'est le grand serpent Apophis qui provoque ces terrifiantes secousses. Des hommes qui se trouvaient dans l'arène ont vu le dieu. Si, tout comme moi, vous aviez pu observer la peur qui tourmentait ces malheureux, vous n'auriez pas osé contester leurs dires.

— Nous ne doutons pas de votre raison, lieutenant, lui assura Menna qui grimaçait de douleur. Nous devons partir sur-le-champ. Hâtons-nous!

Les quelques guerriers qui se trouvaient dans la vaste caverne s'étaient regroupés au centre du village. Le lieutenant Djer aboya:

— Il est temps de quitter les lieux, soldats! Notre commandant est sauf! Prenez les devants! Nous vous retrouverons dans le désert!

Les combattants obéirent d'emblée. D'un pas rapide, ils se dirigèrent vers l'escalier toujours intact qui permettait d'atteindre le réseau de couloirs conduisant vers la sortie. Un grondement sourd et continu vint mettre un terme au silence. Menna s'appuya sur les épaules de Montu et du soldat. Dans un mutisme empreint d'anxiété, le groupe s'éloigna du Temple des Ténèbres. Durant le court trajet, Menna avisa le cadavre du colosse à qui il avait confié la garde de Touia. Le crâne de l'homme avait été fracassé par une grosse pierre tombée de la voûte. Il n'y avait cependant aucune trace de la captive. Le jeune chef songea que ses combattants avaient sans doute pris soin d'entraîner la favorite du maître à l'extérieur du repaire en compagnie des autres prisonniers.

Ils avaient rejoint l'escalier quand Leonis entrevit une silhouette au cœur du village. La pénombre chargée de poussière de la grotte ne lui permettait pas de distinguer nettement l'individu imprudent qui s'entêtait à demeurer sur les lieux. Sans rien dire à ses compagnons qui avaient déjà entrepris l'ascension des degrés abrupts de l'escalier, il tourna les talons pour aller à la rencontre de cette mystérieuse personne. Lorsqu'il reconnut la sorcière d'Horus, il eut un hoquet de surprise. Il s'exclama :

— Tu es folle, Sia! Pourquoi n'as-tu pas suivi les autres?

Un masque de désespoir recouvrait les traits de l'enchanteresse. Elle répondit d'une voix tremblante :

— Va-t'en, enfant-lion!

— Je ne partirai pas sans toi, Sia! Que fais-tu ici? Tout risque de s'effondrer d'un instant à l'autre!

— Je cherche le petit Hapou, Leonis! Nous nous dirigions vers l'escalier, puis, dans la cohue provoquée par les gens qui s'enfuyaient, j'ai lâché sa main! J'ai la certitude qu'il est toujours ici! Il est vivant! Je peux ressentir la terreur qu'il éprouve!

Une autre succession de chocs ébranla le repaire. Un trou immense s'ouvrit dans la façade du Temple des Ténèbres et, brièvement, une ombre gigantesque se profila dans l'ouverture. L'enfant-lion lança:

— C'est Apophis! Il est à l'intérieur de l'enceinte! Il cherche à abattre la devanture du sanctuaire pour passer dans la grande grotte! Il est sur le point d'y arriver, Sia! Nous devons partir avant qu'il...

Le grand serpent fonça une dernière fois sur la paroi chancelante qui le séparait de la vaste caverne principale. Des pierres, dont certaines atteignaient une taille impressionnante, furent catapultées dans toutes les directions. Le bruit assourdissant que produisit cette collision se répercuta dans la grotte avec une puissance telle qu'il provoqua d'innombrables éboulis. L'onde de choc causa l'effondrement de deux des rares maisons encore intactes du village souterrain des ennemis de la lumière. Leonis et Sia furent projetés dans les airs comme des fourmis dans un vent de tempête. Ils s'écrasèrent sur les dalles de granit jonchées de débris. Par bonheur, leurs blessures furent sans gravité. Leonis fut le premier à se relever. Son genou droit l'élançait. Il claudiqua vers la sorcière d'Horus qui, assise sur le sol, se massait les côtes en serrant les dents. Sia tourna ses yeux brouillés de larmes du côté du Temple des Ténèbres. Une profonde terreur se peignit sur ses traits. Leonis fit volte-face pour apercevoir lui aussi la tête jaune et monstrueuse du dieu Apophis qui émergeait des ruines de la façade du lieu de culte. La langue rouge et fourchue de l'immense reptile fouettait l'air en sifflant comme un fléau. Les hémisphères ambrés de ses yeux scintillaient dans la lueur des flambeaux qui avaient résisté au tumulte. Des paillettes d'or dansaient dans son regard. Ses crochets à venin avaient la circonférence d'une cuisse d'homme. Horrifié, le sauveur de l'Empire s'apprêtait à se ruer vers l'enchanteresse pour l'aider à se remettre debout. Mais, en apercevant le petit Hapou, il suspendit son mouvement. L'enfant se trouvait à mi-chemin entre Leonis et le grand serpent. Il demeurait immobile et il fixait le monstre qui rampait lentement dans sa direction.

Au mépris de sa frayeur et de la douleur qui vrillait son genou droit, l'enfant-lion s'élança vers Hapou. Chacune de ses longues et puissantes enjambées le torturait, mais sa volonté de soustraire le bambin aux crochets du redoutable prédateur l'emportait sur la souffrance. Il fonçait vers Hapou en hurlant. Perclus d'épouvante, le garçon ne réagissait pas. La tête du grand serpent oscilla. Il avait décelé la présence de Leonis. Le monstre commença à se mouvoir avec plus de rapidité. Sa reptation titanesque faisait vibrer le sol. Il gardait la tête haute et la gueule grande ouverte. Il fondit sur le sauveur de l'Empire à l'instant même où ce dernier prenait l'enfant à bras-le-corps. Emporté par sa course effrénée, l'adolescent fut incapable de ralentir. Bien lui en prit, car la gueule implacable d'Apophis claqua dans son dos. Leonis perdit l'équilibre. En faisant de son mieux pour protéger la tête de Hapou, il entraîna ce dernier dans une périlleuse succession de roulades. Lorsqu'ils s'immobilisèrent enfin, le gamin poussa une longue plainte stridente. L'un de ses bras saignait abondamment. Leonis se releva. Sans se préoccuper des blessures du petit garçon, il le souleva résolument et le plaqua contre sa poitrine pour se remettre à courir.

La sorcière d'Horus avait rejoint l'escalier. Saisie d'effroi, elle vit Apophis se raidir comme la corde d'un arc pour bondir une seconde fois sur les fuyards. Il rata de nouveau sa cible et, comme l'eût fait le tronc d'un grand sycomore abattu, sa lourde masse s'écrasa en faisant trembler le sol. L'enfant-lion et son protégé furent avalés par un nuage de poussière. Avant qu'Apophis surgît dans la grande grotte, Montu, Menna, le lieutenant Djer et le soldat qui leur avait prêté main-forte avaient atteint le sommet de l'escalier. En s'arrêtant pour reprendre leur souffle, ils avaient constaté que Leonis n'était plus parmi eux. De l'endroit où ils se trouvaient, ils avaient vu le grand serpent fracasser la façade du temple. Par la suite, ils avaient aperçu l'enfant-lion qui courait à la rencontre de cet être de cauchemar. Durant un moment, les quatre observateurs avaient eu la certitude que le sauveur de l'Empire avait perdu la raison. Montu avait été le premier à remarquer le petit Hapou qui se tenait immobile au milieu des débris. Il avait tendu un index tremblant pour désigner le garçon. Après quoi, la gorge nouée par la terreur qu'ils éprouvaient, les témoins avaient suivi des yeux la course héroïque de Leonis.

La seconde tentative que fit Apophis pour attraper ses proies ne fut pas tout à fait vaine. Son élan créa un violent afflux d'air. Les pieds de l'enfant-lion quittèrent le sol. Sans lâcher le petit Hapou, l'adolescent fut propulsé à trois longueurs d'homme du prédateur. L'atterrissage fut brutal. Le flanc droit de

Leonis en absorba tout le choc. Ses poumons se vidèrent. Incapable de respirer, il fut contraint d'ouvrir les bras. Hapou s'écarta de lui. Seulement, au lieu de détaler à toutes jambes de manière à s'éloigner du danger, le petit s'agenouilla pour contempler avec hébétude le monstrueux prédateur qui revenait à la charge. Le sauveur de l'Empire suffoquait. Sa vue se troublait. Sans pouvoir rien faire, il vit Apophis se dresser au cœur du nuage poudreux que sa dernière impulsion avait généré. Le dieu s'avança sans hâte. Manifestement, il savait que ses frêles victimes n'étaient plus en mesure de lui échapper. Leonis recouvrait peu à peu sa respiration. Mais il était trop tard. Beaucoup trop tard. Le grand serpent s'immobilisa si près de lui que le bout de sa langue nerveuse et ferme comme une sangle de cuir vint lacérer la chair de son épaule. L'enfant-lion en avait vu d'autres, mais ce face à face avec le redoutable Apophis fut assurément l'épisode le plus effrayant de sa vie. Quand, dans un chuintement sonore, le monstre ouvrit sa gueule immense pour exhiber ses crochets luisants de venin, Leonis émit un gémissement et il ferma les yeux. De la corniche où, impuissant, il assistait à cette horrible scène, Montu hurla à s'en déchirer la gorge.

L'événement qui survint à cet instant releva-t-il d'une intervention divine ? Bien sûr, la colère d'Apophis avait grandement ébranlé le repaire. Bien entendu, l'effondrement du sanctuaire était prévisible. Mais, puisque cet effondrement se déroula au moment précis où le grand serpent allait bondir sur l'enfant-lion, il eût été malséant de mettre de telles circonstances sur le compte du hasard. Lorsque le dôme monumental qui surplombait l'enceinte du lieu de culte s'écroula, la queue d'Apophis se trouvait toujours dans l'arène remplie de cadavres. Elle fut écrasée sous une incommensurable masse de pierre. Le monstrueux reptile ne put franchir les deux insignifiantes coudées qui lui eussent permis de refermer ses mâchoires sur Leonis. Captif des ruines de son sanctuaire, et sans doute tourmenté par une indicible souffrance, le grand serpent commença à se tortiller avec fureur. Sa tête allait heurter ce qui restait de la façade du temple. Il tentait de dégager sa queue broyée. Leonis se dressa sur ses jambes chancelantes. Il prit la main de Hapou pour l'entraîner vers l'escalier. La danse frénétique d'Apophis produisait des secousses qui surpassaient en puissance toutes celles qui avaient ponctué cette éprouvante nuit. Bientôt, il ne resterait plus aucune trace de l'imposant repaire des ennemis de la lumière.

11

LE SALUT D'UN ROI

En dépit des tremblements épouvantables causés par le courroux du gigantesque serpent Apophis, le grand escalier résista. Ses marches étaient larges. Néanmoins, Leonis, Sia et le petit Hapou éprouvèrent quelques difficultés à rallier la corniche sur laquelle les attendaient leurs compagnons. Pendant toute la durée de l'ascension, ils gravirent les degrés en progressant de côté et en demeurant adossés à la paroi. Leur équilibre était précaire, mais aucun d'eux ne perdit pied. Lorsqu'ils retrouvèrent enfin les autres, ils ne s'attardèrent pas. Sans échanger la moindre parole, ils s'engagèrent dans le réseau de couloirs qui conduisait vers la sortie. Étant donné que le lieutenant Djer était muni d'une torche, il prit la tête sans hésiter. Il s'orienta facilement. Afin de faciliter la tâche de ceux qui le soutenaient, Menna faisait appel à toute la force de sa jambe valide. Des cailloux pleuvaient dans le dédale de couloirs. En franchissant les dernières enjambées qui leur permettraient d'atteindre la galerie conduisant à l'air libre, les aventuriers entendirent des braiments et des meuglements de détresse: quelque part, des ânes et des bœufs captifs et paniqués s'égosillaient dans l'espoir vain d'éloigner la mort. Leonis et ses compagnons accédèrent au dernier couloir. La pente était raide, mais ils l'escaladèrent avec énergie. Lorsqu'ils débouchèrent dans la faible lueur de l'aube, ils furent accueillis par une retentissante clameur. Réunis devant l'entrée, une vingtaine de combattants du lion avaient attendu leur retour avec une angoisse teintée de désarroi. Les survivants furent vite entraînés à l'écart. Moins d'une heure plus tard, dans la lumière sanglante du soleil levant, le gros rocher qui avait abrité le repaire du maléfique Baka s'affaissa en son centre. Le vacarme que cette ultime secousse engendra fut perçu jusque dans la vallée du Nil. Le sable qu'elle souleva enveloppa les combattants du lion d'un dôme cuivré qui leur masqua le ciel durant un long moment. Tandis qu'un soldat achevait de nettoyer la multitude de lacérations qui marquaient le dos et les épaules du sauveur de l'Empire, celui-ci se tourna vers Montu pour déclarer:

— Encore une fois, nous l'avons échappé belle, mon vieux.

— En effet, Leonis, approuva Montu en soupirant. Mais rien ne pourrait se comparer à ce que tu as vécu. Quand Apophis s'est approché de toi, j'ai eu la certitude que, cette fois, tu ne t'en sortirais pas… En te lançant à la rescousse du petit Hapou, tu t'es comporté en héros, mon ami.

— Si tu avais été à ma place, tu aurais réagi de la même façon, mon cher Montu… J'ai vécu un moment atroce. J'étais incapable de remuer. J'avais même fermé les yeux pour attendre la fin. Heureusement que le temple s'est effondré sur la queue de ce monstre.

— À ton avis, est-ce que le grand serpent est mort?

— Les divinités sont immortelles. Selon Sia, Apophis se matérialisera de nouveau dans le royaume des dieux.

L'air rêveur, Montu murmura:

— J'aurais bien aimé jeter un coup d'œil sur le trésor de Baka.

— Ce trésor restera à tout jamais englouti, mon ami. Menna s'en est approché, mais il n'a même pas eu la chance de l'apercevoir. Nous avons probablement laissé des splendeurs derrière nous, mais nous avons pu préserver de la mort les domestiques et les esclaves de

Baka. À mon avis, la vie d'une seule de ces personnes vaut plus que tout l'or d'Égypte. Quatre des épouses du maître ont également été épargnées. En ce qui concerne la jeune favorite, celle dont Khnoumit nous a parlé, elle n'a pas survécu. Menna l'avait confiée à un gaillard. Cet homme est mort durant l'évacuation du repaire. Touia a sans doute profité de l'occasion pour se cacher. Puisque l'unique issue qui lui aurait permis de quitter les souterrains était trop bien surveillée pour qu'elle soit parvenue à s'enfuir, le corps de cette malheureuse est forcément quelque part sous les décombres de cet énorme rocher. C'était une jeune femme très cruelle. Menna ne l'a vue que quelques instants, mais cette brève rencontre a suffi à le convaincre de sa méchanceté. J'espère tout de même que Touia n'a pas trop souffert… Quarante-deux combattants du lion ont péri durant l'assaut du Temple des Ténèbres. Cette nuit, la colère d'Apophis en a tué trente-trois autres. Malheureusement, ces braves partageront la même sépulture que leurs ennemis… Un lieutenant a eu la présence d'esprit de faire transporter le cadavre du chef des adorateurs d'Apophis à l'extérieur du repaire. Pharaon pourra donc constater que son maléfique cousin est bel et bien mort.

Le combattant qui s'occupait des blessures de l'enfant-lion annonça qu'il avait terminé. Avant qu'il partît, Leonis le remercia chaleureusement. Montu s'étendit de tout son long sur le sable qui gardait encore la fraîcheur de la nuit. Il plongea son regard dans le ciel sans nuages. Après un silence, il déclara :

— Mykérinos sera sans doute très étonné de constater que tu es vivant, Leonis. La dernière fois qu'il t'a vu, tu étais sur le point de rejoindre le royaume des Morts. Il y a déjà plus de huit mois que la sorcière d'Horus et le grand prêtre Ankhhaef ont procédé à ton enlèvement. Crois-tu que Pharaon nous pardonnera de lui avoir caché la vérité durant tout ce temps ?

— Le maître des Deux-Terres ne devait pas savoir que j'étais vivant, Montu. Puisque le roi a refusé la protection de Sia, le sorcier Merab n'aurait eu qu'à sonder son esprit pour découvrir que j'avais survécu à mes blessures... Au fond, je me demande si cette précaution était bien nécessaire. Ma quête a échoué, et le sorcier de Seth n'a plus aucune raison de s'intéresser à moi. Malgré tout, nous expliquerons à Mykérinos que nous ne pouvions agir autrement ; la tâche d'assassiner Baka me revenait. Puisque Merab s'était allié aux ennemis de la lumière, il était logique de penser qu'il ferait en sorte de protéger leur maître. Or, si ce vieux fou avait été au courant de mon retour, il aurait peut-être tenté de m'éliminer de nouveau… Pharaon conviendra que nous ne pouvions courir un tel risque. Il comprendra que c'est dans le but de sauver son royaume que nous lui avons caché la vérité. Demain, nous serons à Memphis, Montu. Tu reverras enfin ta belle Mérit. Quant à moi, je retrouverai ma chère petite sœur. Le grand prêtre Ankhhaef pourra probablement réintégrer son temple. Cette histoire est terminée.

— Quand rejoindras-tu les Anciens, Leonis ?

— Je dois t'avouer que je préférerais éviter d'en parler, mon vieux. Mais, étant donné que ça te concerne, je peux te faire quelques révélations… Tout d'abord, il faut que tu saches que, si la somme des actes que nous avons accomplis ne suffisait pas à apaiser la colère de Rê, je resterais sur la terre d'Égypte pour mourir en compagnie de ceux que j'aime. Dans le cas contraire, je serai obligé de me livrer au peuple de Sia… Ces gens m'ont autorisé à emmener ma petite sœur avec moi. Pharaon m'a fait la promesse de me céder la main d'Esa si je parvenais à sauver l'Empire. Bien entendu, si ça arrivait, la princesse et moi serions condamnés à quitter l'Égypte, mais les Anciens m'ont assuré qu'Esa pourrait m'accompagner dans leur monde. Je n'ai rien vu de ce monde. Il m'est toutefois permis de croire que ses habitants n'ont rien à envier à ceux des Deux-Terres. En outre, ce peuple est immortel... Si tel était ta volonté, tu pourrais également venir avec moi, Montu. Par malheur, cette décision t'obligerait à abandonner Mérit. Tu peux me croire, j'ai tout tenté pour convaincre la sorcière Maïa-Hor de permettre aux jumelles et à Menna de me suivre. Elle a refusé.

— C'est dommage, murmura Montu en esquissant un sourire triste. Je te remercie de m'avoir fait ces aveux, Leonis. Je m'interrogeais beaucoup à ce sujet. Les Anciens t'ont sauvé la vie. Sans eux, il ne me resterait plus qu'à aller prier devant ton tombeau. Au lieu de ça, j'ai le bonheur d'évoluer à tes côtés...

La voix rauque d'un combattant résonna dans la faible brise qui caressait les dunes:

— Regardez! On dirait une tempête de sable!

Tous les regards se tournèrent vers l'orient. Le soleil encore bas cinglait les yeux. Certains soldats mirent du temps à distinguer le mur de poussière que venait de repérer leur camarade. Appuyé sur un bâton de caroubier,

Menna plaça sa main libre en visière pour scruter l'horizon. Après un long moment d'observation, il s'exclama :

— Ce sont des hommes ! Ils sont très nombreux ! Il s'agit probablement de soldats de l'Empire, mais, puisque nous ne pouvons être sûrs de rien, préparez-vous à prendre les armes, mes gaillards !

Au mépris de la fatigue qu'ils éprouvaient, les combattants du lion s'empressèrent d'obéir. Il s'écoula un quart d'heure avant que Menna arrivât à déterminer clairement la nature de l'imposante colonne qui se dirigeait vers le gros rocher. Lorsque ce fut fait, il proclama haut et fort :

— J'aperçois des soldats de la garde royale ! Je distingue aussi une grande chaise à porteurs ! Pharaon vient jusqu'à nous pour saluer notre réussite !

Cette annonce fut accueillie par une puissante clameur. Le jeune commandant ajouta :

— Formez les rangs, soldats ! Tenez vos lances bien droites et exhibez fièrement vos boucliers ! Ils sont parés du symbole des combattants du lion ! Dans peu de temps, le regard du fils de Rê se posera sur les plus habiles et les plus redoutables guerriers de son royaume !

Une autre acclamation répondit aux paroles du chef. Les combattants d'élite se regroupèrent pour former une haie humaine. Les boucliers s'appuyèrent solidement sur les hanches. Les lances furent pointées vers le ciel. Après quoi, les vaillants soldats demeurèrent immobiles. Ils se murèrent dans un silence chargé d'émotion. La venue de Pharaon couronnait leur triomphe. Ils attendaient ce moment depuis trois saisons[4]. Chacun de ces courageux gaillards eut une pensée pour ses frères d'armes morts au combat. De nombreux visages se mouillèrent de larmes. Les lieutenants se tenaient humblement à l'écart de leurs hommes; les jeunes et valeureux combattants du lion avaient fait d'énormes sacrifices. Le mérite de la victoire leur revenait.

Avec un sourire en coin, Menna constata que Mykérinos était accompagné d'au moins trois mille soldats. Cette armée était assurément très impressionnante, mais le jeune commandant dut se retenir pour ne pas éclater de rire. Après avoir vaincu les ennemis de l'Empire avec une horde de quatre cent trente-trois guerriers, il estimait que cet immense déploiement de troupes était tout à fait exagéré. Cette futile démonstration de

---

4. L'ANNÉE ÉGYPTIENNE COMPORTAIT TROIS SAISONS DE QUATRE MOIS.

puissance amusait Menna. Le souverain jouait les chefs de guerre alors que toute menace était écartée. En ce jour où le roi d'Égypte venait dans le seul but de constater la défaite cuisante d'un ennemi que ses armées n'avaient jamais été en mesure de débusquer, il eût pu s'abstenir de s'entourer d'un corps de trois mille soldats. Or, si Menna trouvait cette situation risible, il craignait qu'elle pût offenser ses braves guerriers d'élite ; le sang des combattants du lion avait été répandu pour l'Empire. En deux nuits, soixante-quinze des leurs avaient péri. Ils étaient épuisés, ils ne comptaient plus leurs innombrables blessures et devant eux se dressaient des milliers de soldats frais et dispos. Ils avaient marché depuis Memphis aux côtés du maître des Deux-Terres. Ils avaient fière allure avec leur pagne immaculé et leurs armes scintillantes, mais aucun d'entre eux n'avait l'étoffe d'un combattant du lion. Ils se présentaient après la bataille. Comme des vautours. Ils affichaient pourtant la contenance des conquérants.

Les troupes de Pharaon s'arrêtèrent. L'imposante structure plane sur laquelle voyageait le roi était dotée d'une cabine. Quarante porteurs soutenaient ce lourd assemblage recouvert de feuilles d'or. Délicatement, le véhicule royal fut déposé sur le sable du désert.

L'un des fins voiles qui drapaient les flancs de la cabine s'écarta. Mykérinos apparut. Il échangea quelques mots avec des prêtres qui faisaient partie de l'expédition. Il leva ensuite la tête pour se diriger d'un pas majestueux vers le commandant Menna. À l'image du dieu Osiris, Pharaon tenait un flagellum et une crosse croisés sur sa poitrine. Il était coiffé du Pschent, la double couronne rouge et blanche qui représentait sa souveraineté sur les Deux-Terres. Ces symboles étaient sacrés. Le roi ne les portait que durant les cérémonies. La gorge de Menna se noua ; Mykérinos avait peut-être mobilisé une armée qui, dans des circonstances, frôlait la démesure, mais la tenue qu'il arborait constituait le plus bouleversant hommage qu'il eût pu faire aux combattants du lion. Le jeune chef laissa tomber le bâton sur lequel il s'appuyait. Il allait s'agenouiller devant le fils de Rê, mais, d'un mouvement prompt, ce dernier l'exhorta à demeurer debout. Il déclara ensuite d'une voix puissante :

— Ne vous prosternez pas, mes braves ! Car, en ce jour mémorable, c'est au souverain d'Égypte de s'incliner devant vous !

Avec stupéfaction, Menna vit son roi se jeter à ses pieds. Dans un cliquetis de lances entrechoquées, les milliers de soldats qui l'avaient escorté firent de même. Quelques combattants du lion ne purent retenir leurs sanglots. Mykérinos se releva. Il tendit ensuite son flagellum vers le ciel pour clamer :

— Soldats de l'Empire ! Levez-vous et contemplez les combattants du lion ! L'illustre terre des pharaons n'a jamais connu de guerriers plus formidables ! C'est pour que vous puissiez les glorifier que je vous ai conduits jusqu'à eux !

12
ABSOLUTION

Les soldats de l'Empire acclamèrent longuement les combattants du lion. Menna s'en voulut de s'être aussi stupidement mépris sûr les intentions de Mykérinos. Lorsque l'allégresse des troupes se fut calmée, le commandant relata au souverain les faits saillants de l'assaut victorieux livré par ses hommes. Il lui décrivit aussi la terrible colère du dieu Apophis, qui s'était conclue par l'effondrement du repaire des ennemis de la lumière. Ensuite, Menna conduisit Mykérinos devant la dépouille de son maléfique cousin. Le roi fut contraint d'examiner longuement le corps. Il y avait seize ans qu'il n'avait pas vu Baka. L'âge avait sillonné son visage de rides. Sa mort tragique et douloureuse était venue ajouter à la confusion en recouvrant ses traits d'un masque tourmenté, distendu et bleuâtre. Le maître des Deux-Terres ordonna que l'on retirât la robe noire qui habillait le cadavre. Durant son enfance, Baka avait fait une mauvaise chute en escaladant le tronc d'un sycomore. L'extrémité effilée d'une branche lui avait entaillé l'abdomen. Cette blessure avait laissé sur son flanc une large cicatrice en forme de demi-lune. La marque fut dévoilée. Satisfait, Pharaon fit savoir que la dépouille de cet homme abject serait abandonnée aux charognards. Après quoi, il dit à Menna :

— Si le brave qui a tué mon cousin a survécu à la bataille, je tiens à lui rendre hommage.

Menna se racla la gorge. D'un ton hésitant, il annonça :

— L'assassin de Baka est toujours vivant, Pharaon.

En remarquant l'embarras qui se peignit sur la figure du commandant, Mykérinos fronça les sourcils. D'un ton sec, il l'interrogea :

— Que se passe-t-il, Menna ? Me cacherais-tu quelque chose ?

Le jeune homme garda le silence. Il adressa un signe de la main à l'un de ses lieutenants. Le militaire hocha la tête avant de se diriger vers l'arrière de la colonne formée par les combattants du lion. Quelques instants plus tard, une brèche s'ouvrit dans la foule. Leonis, Sia et Montu apparurent. Les traits du pharaon

se figèrent dans une expression de vive incrédulité. La peau de son visage devint livide. Il
vacilla, et Menna dut le saisir par l'épaule pour
l'empêcher de tomber. Montu et la sorcière
d'Horus restèrent à l'écart. L'enfant-lion
s'approcha du souverain. Menna déclara :

— C'est Leonis qui a tué Baka, mon
seigneur. La mort du maître des adorateurs
d'Apophis représentait sans doute l'ultime
offrande que nous pouvions encore livrer au
dieu-soleil. Nous avons songé que la mission
d'assassiner Baka revenait au sauveur de
l'Empire.

Mykérinos balbutia :

— Com... comment est-ce possible ? Tu...
tu étais mourant, Leonis... Les savants
médecins de Memphis ont affirmé que... que
tu ne survivrais pas à tes blessures.

En fixant le sol avec humilité, l'enfant-lion
répondit :

— Comme vos divins yeux vous le
révèlent, Pharaon, j'ai survécu. Avec l'aide du
grand prêtre Ankhhaef, la sorcière d'Horus a
pu me sauver la vie.

— Avant ton enlèvement, Sia m'avait
pourtant affirmé qu'elle ne pouvait plus rien
faire pour te soustraire à la mort...

— J'implore votre grâce, mon roi, car il
m'est impossible de vous dévoiler certains

secrets. Aujourd'hui, vous pouvez constater que la sorcière d'Horus a été en mesure de guérir mes blessures. Elle ne pouvait cependant pas agir devant les savants du temple.

Mykérinos se massa nerveusement le front. D'une voix éteinte et tremblante, il confia:

— Durant les mois qui ont suivi ta disparition, j'ai souvent souhaité ton retour, enfant-lion. La raison m'obligeait à croire qu'un tel prodige était impossible, mais, au fond de mon cœur, j'entretenais une petite étincelle d'espérance. Après tout ce temps, je dois avouer que je ne me berçais plus d'illusions... Je suis très heureux de te revoir, Leonis... Je constate la présence de la sorcière d'Horus, mais je n'aperçois pas Ankhhaef...

Menna intervint:

— Le grand prêtre n'a pas accompagné les combattants du lion... Ankhhaef n'avait pas la moindre envie de vous trahir, Pharaon. Il a agi pour le bien du royaume. Leonis avait une mince chance de survivre à ses blessures, et il fallait à tout prix éviter que Merab le sache. Étant donné que vous avez refusé la protection de Sia, le sorcier de Seth peut sonder votre esprit. Aussi avons-nous jugé qu'il valait mieux vous cacher la vérité.

— Je comprends, Menna, soupira Mykérinos. S'il le désire, ce brave Ankhhaef pourra réintégrer son temple. Je ne regrette pas d'avoir pris la décision de lui confier la garde du sauveur de l'Empire. Il a su le protéger de tout… Même de moi… Qu'est-il advenu du sordide Merab? L'avez-vous éliminé?

— Non, dit Leonis. Il y a des mois que le sorcier de Seth a quitté le Temple des Ténèbres.

La réponse étonna le pharaon. Il posa un regard inquiet sur l'enfant-lion pour dire à voix basse:

— Si Merab est toujours vivant, il verra dans mes pensées que tu es revenu, sauveur de l'Empire. Notre rencontre pourrait mettre ta vie en péril. Ne crains-tu pas que ce puissant envoûteur tente une nouvelle fois de te supprimer?

— Ma quête a échoué, Pharaon. Merab a obtenu ce qu'il désirait… N'empêche que nous avions la certitude qu'il était resté auprès de Baka. Comme vous l'a expliqué Menna, j'ai assassiné votre cousin dans le but d'apaiser la colère du dieu-soleil. Les douze joyaux devaient être réunis par le sauveur de l'Empire. Puisque nous avions perdu les dernières effigies, nous avons songé que la mort de Baka pourrait représenter une offrande convenable. Il m'incombait de tuer le maître des adorateurs du grand serpent. Pour cette raison, il était essentiel que Merab ne soit pas mis au courant de ma guérison. Si l'accomplissement de ma mission pouvait vraiment assurer le salut des habitants d'Égypte, le sorcier de Seth aurait dû, en toute logique, demeurer aux côtés de Baka afin de m'empêcher de le tuer. Il ne l'a pas fait... J'ai l'impression que ce vieux fou savait déjà que la mort du maître ne nous préserverait pas de la fin des fins.

Le roi fit la moue. Il posa sa main soignée sur l'épaule meurtrie du sauveur de l'Empire. Dans un murmure, il fit:

— Merab aurait-il pu connaître la décision du dieu des dieux? Je ne le crois pas, brave Leonis. Si ton geste a apaisé la colère de Rê, les oracles nous l'annonceront. Aucun homme n'aurait pu accomplir ce que tu as accompli dans la poursuite de ta quête. Sache que tu as toute mon admiration, toute ma reconnaissance et tout mon respect. Maintenant, tu dois rentrer à Memphis. Ta petite sœur t'attend. Je te couvrirai d'or et je t'offrirai un domaine florissant où vous pourrez enfin vivre en paix, tes compagnons et toi. Il se pourrait bien que l'anéantissement des adorateurs d'Apophis ne change rien au destin de mon royaume. Néanmoins, je souhaite que chaque instant qu'il te reste à vivre soit heureux.

— Vous savez déjà ce qui me rendrait vraiment heureux, mon roi. Je n'ai pas renoncé à la princesse Esa. J'ai perdu les joyaux, mais, si la mort de Baka nous préservait de la colère du dieu-soleil, tiendriez-vous votre promesse?

Une lueur mauvaise passa dans le regard de Mykérinos. Il serra les mâchoires et, la mine dépitée, il soupira:

— Je ne manquerais pas à ma parole, Leonis. J'espère toutefois que tu abandonneras l'idée d'obtenir la main d'Esa. En ce moment, la princesse se trouve à Thèbes. Je dois admettre que la nouvelle de ta disparition l'a grandement perturbée. Mais, aujourd'hui, elle va beaucoup mieux. Puisqu'elle te croit mort, elle commence à envisager son avenir comme la fille d'un roi se doit de le faire.

— Vous ne lui direz sûrement pas que je suis vivant...

Les lèvres du souverain d'Égypte esquissèrent un sourire indéfinissable. Il réfléchit un moment avant de répondre:

— Je t'estime beaucoup, enfant-lion. Je suis plus que navré de constater que l'unique chose que je ne peux pas t'offrir soit précisément celle qui comblerait tes désirs... Cela dit, je n'envisage pas d'annoncer ton retour à Esa. Crois-tu qu'il serait sage d'agir ainsi? Cette nouvelle la bouleverserait. Je ne doute pas du fait que tu tiens au bonheur de ma fille. Tu es un être raisonnable. Je sais que tu réfléchiras à tout cela et que tu laisseras à Esa la chance de t'oublier.

Le sauveur de l'Empire ne répliqua pas. Un silence empreint de gêne s'installa entre le roi et lui. Menna le rompit :

— Aujourd'hui, Pharaon, je suis très fier d'avoir mené les combattants du lion à la victoire. Mais, pour que je puisse pleinement savourer ce triomphe, il me reste un souhait à réaliser. J'oserai donc vous demander une faveur. Et je me permets d'ajouter qu'un refus de votre part me plongerait dans le déshonneur.

Mykérinos tressaillit. Il braqua des yeux ahuris sur le jeune commandant avant de lui demander :

— Qu'est-ce qui pourrait jeter de l'ombre sur une aussi éclatante réussite, Menna ?

— J'ai fait une promesse à un homme, mon seigneur. Il s'agit d'un habile guerrier d'élite qui, il y a peu de temps, combattait aux côtés des ennemis de l'Empire. Il a renié Baka et ses hordes. Il s'est allié à nous et, sans lui, nous n'aurions sans doute jamais pu découvrir le repaire des adorateurs d'Apophis. L'individu dont je vous parle est le principal artisan de la chute de Baka. Il mérite votre pardon. S'il ne l'obtient pas, c'est dans la honte d'avoir manqué à mon serment que je regagnerai Memphis.

Leonis renchérit :

— Il en ira de même pour moi, Pharaon. J'ai assuré à cet homme que vous seriez reconnaissant de l'aide inestimable qu'il a apportée à l'Empire. Il a été une Hyène ; son torse portera à tout jamais la marque des adorateurs d'Apophis, mais la lumière de Rê est entrée dans son cœur. Ce guerrier a été capturé par des soldats tandis qu'il se lavait au bord du Nil. Vous vous souvenez sans doute de lui…

Le maître des Deux-Terres opina du chef. Il se tourna vers Menna pour dire :

— Je t'ai confié ce prisonnier, jeune homme. Les soldats de ma garde ont prétendu que, même sous la torture, il ne parlerait pas. Comment es-tu arrivé à le convaincre de trahir Baka ?

— Lorsqu'il a été conduit dans un cachot du palais royal, Hay avait déjà trahi son maître. Il a contribué à l'évasion de la petite sœur de Leonis. Tati doit également sa liberté à votre cousine Khnoumit.

— Khnoumit ! s'exclama le roi. Cette femme avait pourtant été condamnée à l'exil en même temps que son frère ! Elle aurait donc regagné l'Égypte…

— En effet, acquiesça Leonis. Khnoumit n'a jamais approuvé les actes des adorateurs du grand serpent. Elle a toujours été forcée de se soumettre aux exigences de Baka. Après l'enlèvement de Tati, elle a veillé sur elle. Comme vous l'a appris Menna, cette brave femme a planifié la fuite de ma petite sœur. Ensuite, Khnoumit et Hay comptaient traverser la frontière sud afin d'échapper aux ennemis de la lumière. Par malheur, Baka a eu vent de ce projet. Sa sœur a été capturée. On l'a conduite au Temple des Ténèbres, et les longs mois de réclusion qu'elle a vécus ont été horribles. Hay avait été témoin de la capture de Khnoumit. Le cœur brisé, il a quand même continué son chemin vers la frontière. Il était parvenu à se réfugier dans le pays de Khoush, mais il a réintégré la terre d'Égypte dans l'unique but de sauver celle qu'il aimait. Qu'aurait pu faire ce vaillant guerrier contre Baka et ses hordes? Il serait sûrement mort si les soldats ne l'avaient pas fait prisonnier. Toutefois, les divinités ont été émues par son courage; à mon humble avis, ce n'est pas par hasard que Hay a été conduit au palais royal de Memphis. Pendant qu'on entraînait le captif vers sa prison, ma petite sœur jouait dans les jardins du palais. Tati se trouvait là juste au bon moment. Elle a reconnu son sauveur. La surveillance de Hay a été confiée aux combattants du lion... Cet homme s'en allait seul délivrer sa belle, Pharaon. Il entendait infiltrer le repaire de huit cents hommes qui le considéraient comme un traître. Son projet était voué à l'échec, mais les dieux ont mis les combattants du lion sur sa route... Hay et Khnoumit sont maintenant réunis. Ils méritent de vivre libres. S'ils obtiennent votre pardon, mon roi, ils n'hésiteront pas à vous assister dans la recherche des sujets du royaume qui contribuaient à la cause des adorateurs d'Apophis.

— Soit, concéda Mykérinos. Khnoumit et Hay recevront mon entière absolution.

Les voix de Menna et de Leonis se mêlèrent dans un glapissement de joie. Le maître des Deux-Terres eut un sourire espiègle. Il confessa:

— Durant ma jeunesse, j'ai été longtemps amoureux de ma cousine Khnoumit. Sa beauté égalait celle de la déesse Hathor. Dès qu'elle quittait la grande demeure, le peuple accourait pour admirer sa grâce... Il a été très difficile pour moi de l'expulser du royaume. Le clergé réclamait la mort du roi déchu et de ses proches. J'ai fait mine d'accepter la requête des prêtres de l'Empire, mais je me sentais incapable d'y accéder. Je les ai donc trompés. J'ai escorté Baka et les siens jusqu'à une lointaine oasis. J'ai naïvement cru que ce fou n'oserait jamais remettre les pieds sur le sol d'Égypte. J'aurais au moins dû trouver le courage de le tuer. Si je l'avais fait, nous n'aurions jamais entendu parler du grand cataclysme… Je ne voulais pas causer de chagrin à Khnoumit. C'est l'une des raisons qui m'ont poussé à épargner cet homme malfaisant… Baka a déjà été un jeune garçon vertueux et brillant. En ce temps, la belle Khnoumit avait beaucoup d'affection pour lui. Personne n'aurait pu prévoir que le futur pharaon deviendrait l'être maléfique qu'il m'a fallu chasser du divin trône… Comment se porte ma cousine ?

— Elle est très mal en point, affirma Menna. Elle a été soumise à d'atroces privations. Toutefois, la sorcière d'Horus dit qu'elle va s'en sortir.

De la main, Mykérinos salua Sia et Montu qui se tenaient toujours à l'écart. Il conclut d'une voix ferme :

— Khnoumit va guérir. Désormais, elle ne manquera plus de rien. Préparez-vous, mes amis. Nous partirons dans une heure. Je veux atteindre la capitale avant le coucher du soleil.

13

CAPTIF DES JOYAUX

À six jours de marche des décombres du grand rocher qui avait abrité le repaire des adorateurs d'Apophis, Merab ouvrit ses paupières gonflées. Du revers de sa main rêche et tremblante, il frotta son œil droit pour essuyer l'accumulation de pus qui voilait sa vue. Le vieil envoûteur n'avait rien manqué des paroles que le pharaon venait d'échanger avec Menna et l'enfant-lion. À présent, il frémissait à la fois de rage et de crainte. Depuis qu'il était malade, le sorcier de Seth n'utilisait ses pouvoirs qu'avec modération. Mais, la veille, il avait pressenti qu'un événement hors du commun se préparait. En esprit, il avait voyagé vers la puissante source d'énergie qui avait ainsi alerté ses sens. Merab avait vu un immense déploiement de soldats quitter Memphis. Ces militaires escortaient le roi. L'impressionnante troupe se dirigeait vers le désert. L'envoûteur avait lu dans les pensées de Mykérinos. Il avait alors appris que les combattants du lion venaient d'anéantir les hordes de Baka. Ce renseignement n'avait pas troublé le sorcier. Il se moquait bien des ennemis de la lumière. L'existence des combattants du lion n'était pas une révélation pour lui. Bien avant son départ du Temple des Ténèbres, il avait averti Baka de l'éventualité d'une attaque. Ce que le vieillard avait découvert en sondant l'esprit du pharaon ne l'avait donc pas étonné. Il ne s'était pas attardé à suivre les armées qui se dirigeaient vers le repaire des adorateurs d'Apophis. Son âme avait réintégré son corps. En dépit des douleurs et des démangeaisons qui l'accablaient, Merab s'était endormi sur la peau de chèvre usée qui lui servait de lit. À son réveil, le jour était levé. Merab avait repris sa forme immatérielle pour aller visiter le lieu de la bataille. Lorsque Leonis était apparu devant Mykérinos, le sorcier de Seth avait été frappé de stupeur. Au fil des longs mois qui avaient suivi la disparition de l'enfant-lion, Merab avait rarement songé à lui. Bien sûr, il savait que cet enlèvement avait été l'œuvre de la sorcière d'Horus. Toutefois, les blessures de Leonis étaient très graves; Sia était une extraordinaire guérisseuse, mais le vieillard avait eu la certitude qu'elle n'arriverait pas à le sauver. En ce matin où il venait de constater que l'élu des dieux avait survécu, l'envoûteur avait toujours la conviction que la sorcière n'était pas pleinement responsable de cette miraculeuse guérison. Or, mis à part les divinités, seuls les Anciens eussent été capables d'accomplir un pareil prodige. De toute évidence, le savant peuple de Sia était intervenu. Le sauveur de l'Empire était là. Et Merab avait peur.

Quatre mois plus tôt, en compagnie de six serviteurs et de trois ânes, le vieux sorcier avait quitté le Temple des Ténèbres avec l'intention de rejoindre le lointain territoire du dieu du chaos. Une vive inquiétude le rongeait. Les trois derniers joyaux de la table solaire, que les compagnons de Leonis croyaient perdus, mais que Merab avait conservés dans le but d'apporter à Seth la preuve de son triomphe, étaient à l'origine de ses préoccupations. L'envoûteur avait eu l'occasion de réaliser que les joyaux avaient sur lui une influence néfaste. En entreprenant son périple vers les Dunes sanglantes, il commençait déjà à se sentir malade. La caisse qui renfermait les divines effigies était transportée par l'un des ânes. Le vieux sorcier prenait bien garde de se tenir éloigné de cette bête. À tort, il pensait ainsi pouvoir se soustraire aux propriétés pernicieuses des derniers éléments de l'offrande suprême.

Merab et ses serviteurs avaient dépassé Memphis. Au cinquième jour de leur progression, le vieillard avait remarqué l'entrée d'une grotte. L'après-midi était encore jeune, mais l'envoûteur se sentait exténué. Il avait décidé de s'arrêter pour la nuit. Son voyage vers le territoire du tueur d'Osiris s'était terminé à cet endroit.

Depuis ce temps, Merab n'avait pas progressé. Les joyaux l'avaient sournoisement pris au piège. Lorsque son groupe avait fait halte, le vieux avait ordonné aux domestiques de transporter le matériel et les vivres dans la grotte. Il voulait éviter d'attirer l'attention d'éventuels voleurs. Le sorcier n'avait rien perdu de ses puissants pouvoirs. Si quelqu'un de malintentionné s'était approché du campement, il eût aisément pu l'éliminer. Mais si Merab avait voulu s'arrêter devant cette grotte, c'était essentiellement pour pouvoir dormir sans être dérangé. La cavité était étroite et peu profonde. Elle était cependant bien assez grande pour abriter l'équipement, les joyaux et la nourriture. Le campement avait été dressé. Merab avait mangé un peu avant de s'étendre sous le ciel émaillé d'étoiles. Il avait dormi sans discontinuer jusqu'aux premières lueurs de l'aurore. Son réveil avait été doux. En dépit de quelques raideurs et d'une vague nausée, il se sentait plutôt bien. Le vieillard avait eu envie de se dégourdir les jambes dans la fraîcheur de l'aube. Laissant les domestiques à leur sommeil, il avait saisi sa gourde avant de se diriger vers l'est. Il n'avait pu faire qu'une centaine de pas. Une douleur atroce avait sillonné sa poitrine. Merab s'était écroulé sur le sol aride et jonché de cailloux. Terrorisé et incapable de crier, il s'était mis à ramper dans l'espoir d'atteindre le camp. Après avoir franchi une faible distance, la douleur avait subitement disparu. L'envoûteur avait repris son souffle. Dans la mésaventure, il avait laissé tomber sa gourde. Il s'était relevé pour aller la récupérer. Quand il était arrivé à la hauteur de l'objet, il avait de nouveau été foudroyé. Cette fois, la plainte stridente qu'il avait émise avait alerté l'un des serviteurs. Cet homme s'était précipité au secours de Merab. Il l'avait aidé à réintégrer le campement. Ce matin-là, le sorcier de Seth s'était prostré dans un silence hagard. Il n'y avait pas à s'interroger sur la cause de ce mal fulgurant : son cœur plusieurs fois centenaire allait bientôt l'abandonner. Le fluide néfaste émis par les joyaux de la table solaire avait vraisemblablement dilué la divine essence qui rendait Merab immortel. La pensée de sa fin imminente avait occupé l'esprit du vieux durant quelques heures, jusqu'au moment où un autre événement troublant était venu le sortir de sa langueur.

Un hurlement horrible avait retenti dans la grotte. Un domestique en était sorti en courant. Merab lui avait ordonné de s'arrêter, mais l'homme n'avait pas obtempéré. Il s'était éloigné du campement comme si une meute de hyènes enragées avait été à ses trousses. Le sorcier n'avait pas cherché à l'arrêter en utilisant ses pouvoirs magiques. Sans comprendre, les quatre serviteurs qui se trouvaient à l'extérieur de la caverne avaient suivi des yeux la course folle de leur camarade. Deux d'entre eux étaient revenus de leur ébahissement pour se lancer à la poursuite du fuyard. Une légère odeur de chair brûlée flottait dans l'air. Merab s'était tourné vers la grotte. Ses sens exacerbés lui dictaient la prudence. Il n'avait pas osé pénétrer dans la cavité. Le sorcier s'était assis. En esprit, il avait examiné le tableau pour le moins effroyable que représentait l'intérieur de la petite caverne. Il remarqua tout d'abord que les joyaux n'étaient plus enfermés dans leur caisse. Il n'y avait d'ailleurs plus la moindre trace de cette caisse. Malgré la faible lumière du matin qui pénétrait en oblique dans la cavité, les magnifiques effigies représentant un vautour, un cobra et un babouin scintillaient comme l'eût fait le grand fleuve sous un soleil radieux. Les statuettes étaient posées sur un socle parfaitement lisse. Ce bloc de pierre faisait partie de la paroi. Il avait été sculpté dans une saillie de la masse rocheuse qui, la veille encore, n'avait rien de remarquable. Tandis que son âme examinait la scène, le corps de Merab avait violemment frissonné. Étant donné qu'aucune autre hypothèse n'était envisageable, il devait se rendre à l'évidence : la force qui occupait les joyaux avait d'elle-même fait disparaître les cloisons de bois qui les dissimulaient aux regards. Cette énergie avait également façonné le piédestal sur lequel les effigies trônaient à présent. À la base du socle, un cadavre gisait. Ces restes humains n'étaient plus qu'un monticule d'os noircis et de cendres fumantes. Le crâne, d'un gris anthracite, avait éclaté. Pour mettre un corps dans un pareil état, il eût fallu le soumettre des heures durant aux flammes intenses d'un brasier incessamment nourri. Ce cadavre était sans nul doute celui de l'un des serviteurs. Pourtant, moins d'une heure avant cette horrible découverte, tous les domestiques de Merab étaient réunis au centre du campement et ils prenaient leur repas. Tout indiquait que la victime s'était consumée en très peu de temps. Par surcroît, le feu impétueux qui avait presque complètement détruit son corps n'avait touché aucun des nombreux objets qui avaient été entreposés dans la grotte. Les sacs de nourriture qui se trouvaient à moins d'une coudée du cadavre étaient intacts. Leur couleur pâle n'avait même pas été altérée. Ce phénomène défiait l'entendement de Merab. Il n'avait pas cherché à se l'expliquer. Les joyaux venaient de lui révéler un autre aspect de la puissance divine qu'ils recélaient. En s'emparant des trois derniers éléments de l'offrande suprême, il avait osé défier la volonté des dieux. L'envoûteur devinait qu'il serait désormais incapable de s'emparer des statuettes. Dans la soirée du même jour, il avait également compris qu'il ne pourrait plus s'en éloigner.

Le domestique qui s'était sauvé de la grotte en courant comme un dément n'était pas revenu. Ceux qui s'étaient lancés à sa poursuite l'avaient imité. Le premier fugitif avait assurément informé les deux autres de ce qu'il avait vu. Le sorcier de Seth n'avait rien pu faire pour les obliger à revenir. Car, s'il était en mesure d'envoûter ou de tuer les sujets qui se trouvaient dans son champ de vision, il avait besoin de ses instruments et d'une foule d'ingrédients pour jeter des sorts aux gens qui étaient hors de sa portée. Malheureusement, en quittant le Temple des Ténèbres, le vieil envoûteur avait laissé derrière lui la multitude d'accessoires nécessaires à son art. Puisque Seth lui avait promis de faire de lui un dieu, Merab n'avait pas cru bon de s'encombrer de ces choses qui n'étaient utiles que dans le monde des mortels. Le sorcier s'était donc retrouvé avec deux serviteurs. Afin de les empêcher de lui fausser compagnie, il s'était empressé de les hypnotiser. Durant cette éprouvante journée, Merab avait tenté à quelques reprises de s'éloigner de la grotte. Mais, chaque fois qu'il atteignait la distance de cent pas, la cuisante douleur qui l'avait accablé au lever du soleil était revenue. Un lien invisible le retenait. Le puissant sorcier de Seth était semblable à une vulgaire chèvre attachée à un pieu. Il était captif des trois derniers joyaux de la table solaire.

En quatre mois, la santé de Merab s'était grandement détériorée. Son corps squelettique était constellé de plaques purulentes. Ses longs cheveux blancs s'étaient étiolés. Ils tombaient, tels les grains d'un blé trop sec. Le vieillard avait du mal à remuer les doigts. Il avait aussi la sensation que du sable s'était infiltré dans ses articulations. Il avait perdu de nombreuses dents. Ses yeux et ses oreilles étaient affreusement infectés. Il n'avait plus la capacité de guérir son corps déclinant des maux qui le tourmentaient. Pour le reste, la puissance des pouvoirs de Merab n'avait guère diminué. Depuis qu'il était prisonnier des joyaux, il avait maintes fois eu recours à la sorcellerie pour éloigner les individus qui s'approchaient de la grotte. Il en avait tué quelques-uns dans l'unique dessein d'assouvir un peu la rage qui le dévorait. Il ne lui restait qu'un seul serviteur. Cet homme était envoûté. Merab l'envoyait chercher de la nourriture et de l'eau. L'autre domestique avait connu un horrible sort. Un midi, Merab s'était endormi en omettant d'ordonner à cet infortuné de se réfugier dans l'ombre. Ensorcelé lui aussi, privé de sa conscience et de toute sensation, l'homme était resté debout durant plus de quatre heures sous un soleil ardent. La nuit suivante, il était mort, grelottant de fièvre et la peau recouverte de cloques.

Dans la lumière opalescente d'un abri fabriqué à l'aide de quelques bâtons et d'une mince toile de lin que la plus infime des brises faisait frémir, Merab était étendu sur sa peau de bête râpée, poussiéreuse et malodorante. Il était anxieux. Le retour de Leonis résultait sûrement de l'intervention d'une force supérieure. Les joyaux possédaient-ils le pouvoir d'attirer le sauveur de l'Empire jusqu'à la grotte? L'envoûteur ne pouvait guère répondre à cette question. Au fond, il ne craignait pas l'enfant-lion. Sia ne l'inquiétait pas davantage. Néanmoins, le retour de l'élu des dieux n'augurait rien de bon. Merab pouvait ressentir dans chaque fibre de son être qu'un grand danger le guettait.

14

PIEDS LOURDS ET CŒUR BRISÉ

À une heure de marche de la vallée du Nil, Menna avait annoncé à ses amis qu'il rejoindrait le Fayoum en compagnie de ses combattants. Avant de quitter le Temple des Ténèbres, Mykérinos avait eu une longue discussion avec la sorcière d'Horus. Il avait accepté de confier Khnoumit et les esclaves pitoyables du cruel Baka aux soins de Sia. Étant donné que l'enchanteresse désirait pratiquer sa science dans un environnement paisible, elle avait demandé au roi de faire transporter tous les malades au temple de Rê. Hay avait été autorisé à suivre Khnoumit. Toutefois, avant de tenir la promesse qu'il avait faite de libérer l'ancien adorateur d'Apophis, Pharaon désirait le soumettre à un long interrogatoire. La surveillance de Hay avait été confiée à six soldats de la garde royale. Jusqu'à nouvel ordre, le colosse serait confiné dans l'enceinte du sanctuaire. Il était donc toujours captif, mais, puisqu'il aurait le loisir de côtoyer chaque jour celle qu'il aimait, la décision du maître des Deux-Terres comblait son cœur de joie. Le petit Hapou demeurait perturbé par les événements qui avaient marqué sa dernière nuit dans l'antre du grand serpent. Il avait suivi l'enchanteresse sans protester.

Après une courte halte au temple de Rê, le roi et son impressionnante escorte atteignirent Memphis. Le soleil couchant incendiait le ciel. La veille, le départ de Pharaon et de son armée avait ameuté une foule de gens. Des centaines de sujets médusés avaient vu les troupes prendre la direction du désert. Depuis ce temps, les Memphites avaient attendu avec impatience et inquiétude le retour de leur souverain. Le bruit courait qu'un peuple inconnu venait de déclarer la guerre au glorieux royaume d'Égypte. Et, en y songeant bien, comment eût-on pu expliquer autrement un aussi important déploiement de soldats? Ainsi, lorsque le pharaon pénétra dans la capitale, des milliers d'habitants étaient massés dans les rues qui conduisaient au palais. La progression de la longue colonne fut considérablement ralentie. Dissimulé dans la cabine de sa somptueuse chaise à porteurs, le maître des Deux-Terres ne se montra pas. Leonis et Montu marchaient dans les rangs des combattants. Ils étaient sales et épuisés. Le défilé mit une heure à atteindre la grande demeure. Les militaires formèrent alors un rempart humain entre le peuple et le roi. Entourés d'un groupe de soldats d'élite, Leonis et Montu accompagnèrent Mykérinos à l'intérieur de l'enceinte qui cernait la façade du palais. Quand le fils de Rê descendit de son véhicule, le vizir Hemiounou marcha à sa rencontre. En apercevant le sauveur de l'Empire, le noble personnage s'immobilisa brusquement. Il porta une main preste à son cœur et il passa à un cheveu de s'évanouir. Lorsqu'il fut revenu de sa commotion, le souverain s'entretint brièvement avec lui. Le vizir ne semblait pas croire ce qu'il voyait. Néanmoins, il salua Leonis d'un faible hochement de la tête. Mykérinos invita ensuite les adolescents à profiter de l'hospitalité du palais. Avant de rentrer à la maison où, à l'évidence, de vives émotions les attendaient, Montu et Leonis purent manger, se laver et s'octroyer un peu de repos. Un médecin de la cour vint examiner et couvrir d'onguent les blessures superficielles de l'enfant-lion. Après quoi, les deux amis revêtirent d'amples tuniques blanches. La gorge nouée, ils quittèrent enfin le palais pour sortir dans les jardins.

Ils progressèrent en silence vers la somptueuse demeure du sauveur de l'Empire. L'arrivée de Pharaon avait provoqué une vive agitation dans l'enceinte. Des gardes s'interpellaient, des serviteurs munis de lampes à huile discutaient au centre de l'allée principale; malgré l'heure tardive, un groupe d'enfants rieurs jouaient dans la lueur rousse et fluctuante des flambeaux bas qui bordaient le bassin. Leonis et Montu aperçurent Raya et Mérit. Les servantes étaient assises sur un banc de granit qui jouxtait le porche éclairé de la maison. Profitant de l'obscurité qui les dissimulait au regard des jeunes filles, les garçons s'immobilisèrent un moment pour les observer. Montu chuchota:

— Je crois que je vais pleurer, mon ami. Il y a presque neuf mois que je n'ai pas vu Mérit…

— Nos chères amies semblent anxieuses, fit remarquer Leonis. Je crois qu'elles nous attendent. Elles n'avaient pas la moindre idée du jour où l'assaut du Temple des Ténèbres devait avoir lieu, mais le soudain rassemblement des soldats du roi a dû éveiller leurs soupçons. Ta douce Mérit doit beaucoup s'inquiéter à ton sujet, mon vieux. Il est temps d'aller la retrouver…

Montu hésita encore. Sa main s'agrippa fermement au bras du sauveur de l'Empire. Il murmura :

— J'attends cet instant depuis des lunes. Pourtant, on dirait que mes pieds sont trop lourds pour marcher vers elle. Je… je n'y comprends rien, Leonis.

— Ce qui t'arrive n'a rien de bien surprenant, mon brave ami. Tu as vécu une enfance pénible. Tu as besogné comme esclave. Ensuite, tu m'as accompagné dans cette longue quête durant laquelle nous avons été confrontés à une multitude de dangers. Tu as accepté de risquer ta vie une dernière fois en te joignant à la mission des combattants du lion… C'est ici que toute cette souffrance s'arrête, Montu. Nous venons de vivre notre dernière aventure. Dans les bras de Mérit, tu ne trouveras que du bonheur. Je crois que c'est cette vérité qui te fait peur. Tu n'as jamais rien possédé d'autre que ton corps et ton âme. Dorénavant, tu auras quelque chose à perdre. Et tu sais déjà que ce quelque chose vaut plus que tout l'or du royaume d'Égypte. Sois courageux, mon vieux Montu. Va vers ta belle. Ordonne à tes pieds trop lourds de franchir les derniers pas qui te séparent encore de cette existence heureuse.

Dans le noir, Montu essuya ses larmes. Il inspira profondément et redressa la tête avant de sortir de l'ombre. Lorsque Mérit le vit, sa figure se figea dans une expression d'extrême surprise. Elle prononça une suite de mots incompréhensibles. Raya poussa un cri aigu dans lequel se mêlaient le soulagement et la stupeur. Lentement, Mérit se leva sur ses jambes flageolantes. Elle ne dit rien. La confusion qui marquait ses traits la faisait ressembler à une enfant prise en flagrant délit. Elle commença à pleurer en silence. Montu n'était plus qu'à deux coudées de son amour. Il s'arrêta et demanda d'un ton inquiet :

— N'es-tu pas heureuse de me revoir, douce Mérit ?

La jeune fille chassa ses doutes en se jetant violemment contre lui. Il eut à peine le temps d'ouvrir les bras. Le choc déstabilisa Montu. Les amoureux s'écroulèrent. Étendus dans l'herbe, ils s'enlacèrent. Leurs bêlements de joie s'entrecoupaient de sanglots. Raya les observait en riant nerveusement. Ses yeux roulaient dans l'eau. Quand Leonis émergea à son tour des ténèbres, la jumelle de Mérit eut un sursaut. Elle se tourna vers le nouveau venu et le fixa longuement avec une moue indéfinissable ; puis, en lâchant un soupir rauque, elle tomba lourdement à genoux. Ses yeux devinrent hagards. Ses mains se mirent à tâtonner le sol. On eût dit qu'elle venait de recevoir un dur coup sur la tête. Leonis se précipita vers la jeune servante. Il s'accroupit et la serra doucement dans ses bras. Raya n'eut aucune réaction. L'enfant-lion lança d'une voix tremblante :

— Raya ! Est-ce que tu vas bien, Raya ? Réponds-moi, mon amie !

Assis par terre, Montu et Mérit observaient la scène sans comprendre. Raya balbutia :

— Maî... maître Leonis... Tati... Tati veut apprendre la harpe... Je...

La jeune fille porta la main à son front. Elle secoua la tête et elle continua d'une voix indolente :

— Je... je ne me sens pas très bien...

Mérit vint s'agenouiller auprès de sa sœur. Elle lui caressa les cheveux en disant à voix basse :

— Ce n'est rien, Raya. C'est sans doute l'émotion. L'enfant-lion est de retour. Ce soir, quand un jardinier nous a annoncé l'arrivée de Pharaon, tu m'as dit que Montu et Leonis étaient sûrement sur le point de rentrer à Memphis. Ils sont là, à présent.

Les yeux de Raya plongèrent dans ceux de Leonis. Un faible sourire éclaira la figure hâve de la servante. Durant un fugace instant, l'univers tout entier se restreignit à ses prunelles obscures. Le sauveur de l'Empire fut incapable de saisir la portée des présages que lui révélait ce regard. Telle une digue fragile soumise à la fureur du grand fleuve, quelque chose en lui céda. Il dut lutter pour ne pas se noyer dans ces deux lacs noirs qui le fascinaient comme une flamme attire un papillon de nuit. Raya émit un rire cristallin. Elle passa une main fébrile dans sa longue chevelure avant d'affirmer :

— Ça va mieux, maintenant. Je suis désolée, Leonis. Je m'attendais à ton arrivée, mais, en te voyant, j'ai senti mon cœur qui s'arrêtait de battre. Comme je suis heureuse que tu sois là! Tati est dans le quartier des femmes. Elle sera folle de joie de retrouver son grand frère!

— Je vais tout de suite aller la voir, dit l'enfant-lion. Tu es sûre que tout va bien, Raya?

— J'en suis certaine, mon ami. Après tout ce temps, et après la peur que tu nous as fait vivre, à ma sœur et à moi, j'ai bien hâte d'entendre le récit de tes aventures!

— Vous devrez patienter jusqu'à demain, répondit Leonis en se levant. Car, d'ici une heure ou deux, je ronflerai tellement que vous songerez déjà à m'expulser de cette maison!

Puisque Tati n'avait jamais rien su des tragiques événements qui avaient conduit son frère au seuil de la mort, ce fut dans une atmosphère de douce gaieté, et non dans les manifestations bouleversantes qui succèdent généralement aux grandes angoisses, que les retrouvailles de Leonis et de sa sœur eurent lieu. Grâce à l'ingéniosité de Raya, Tati avait reçu régulièrement des nouvelles de l'enfant-lion. Pendant des mois, même si elle n'avait pas su à quel endroit se trouvait son maître, et même si, dans son for intérieur, elle avait conservé peu d'espoir de le revoir vivant, la jeune domestique avait veillé à préserver Tati de l'inquiétude et du chagrin en lui lisant des messages qui étaient censés provenir de l'Île de Mérou. La petite ne savait pas lire. Ces missives, qui lui assuraient que Leonis allait bien, et que la fillette avait crues rédigées par la main peu exercée de son frère bien-aimé, avaient en fait été exécutées par Mérit et Raya. Elles dataient de l'époque où les jumelles en étaient encore à l'apprentissage de la science des scribes. Les hiéroglyphes qui noircissaient ces rouleaux de papyrus manquaient de finesse. Ils dénotaient un manque certain d'expérience et d'habileté. Cette calligraphie hésitante pouvait aisément être comparée à celle de l'enfant-lion. Mérit, quant à elle, se réservait la tâche de répondre aux faux messages de Leonis. En utilisant une écriture des plus soignées, elle couchait sur le papyrus les mots que lui dictait Tati. Les différences entre ces missives admirablement exécutées et celles que l'on attribuait à l'adolescent étaient frappantes. Cette dissemblance contribuait grandement au succès de la ruse. Quand le sauveur de l'Empire, après son séjour chez les Anciens, avait enfin pu retrouver ses compagnons dans le Fayoum, il avait pris la relève de ses servantes. Tout le temps qu'avait duré leur séparation, Tati avait été convaincue que son frère et ses amis tentaient de retrouver un coffre caché sur une île calme et magnifique. Ces importantes recherches traînaient en longueur, mais, en croyant que la mission de Leonis au cœur de la grande mer se déroulait sans risque, la fillette avait coulé des jours paisibles. Bien sûr, l'enfant-lion lui avait manqué. Toutefois, Mérit et Raya avaient si bien su la divertir qu'elle n'avait pas trop pâti de cette absence prolongée. Tati s'était beaucoup attachée aux deux jeunes filles. Elle caressait le rêve de leur ressembler. Elle avait appris à se farder et à se coiffer comme elles. Elle mimait leurs mouvements, leurs expressions et leur démarche. Ses petites mains douces et soignées ne portaient plus les stigmates de l'esclavage.

Lorsque son frère fit son entrée dans la salle principale du quartier des femmes, Tati se précipita aussitôt sur lui pour lui sauter au cou. Le sauveur de l'Empire la serra contre son torse en riant aux éclats. Il la fit tournoyer avant de la reposer sur le sol pour la contempler d'un air ébloui. La fillette avait beaucoup changé. Elle était plus grande qu'avant. Sa longue chevelure d'un noir bleuté était admirable. Sur son visage ovale, les rondeurs de l'enfance commençaient à s'atténuer. Son nez était plus fin, ses pommettes saillaient délicatement. Son menton s'était nettement raffermi. Elle ressemblait de plus en plus à sa mère, Henet. Avec un pincement au cœur, Leonis murmura :

— Tu es vraiment très belle, Tati. Tu as grandi. Bientôt, je n'aurai plus de petite sœur...

L'enfant plaqua sa joue sur la poitrine de son frère avant de dire :

— Je serai toujours ta petite sœur, Leonis. Il est vrai que j'ai grandi. Après tout, j'aurai treize ans dans quelques mois... Tu m'as beaucoup manqué... Je ne savais pas que tu reviendrais aujourd'hui. Il y a deux semaines, dans le dernier message que j'ai reçu de toi, tu disais que tu n'avais pas encore retrouvé le coffre. Tu ne m'as pas annoncé ton retour…

Leonis eut un instant d'hésitation. Il camoufla son embarras en déposant quelques baisers dans la chevelure soyeuse et parfumée de Tati. Si la fillette était au courant du fait que son frère avait été chargé de la mission de retrouver des coffres, elle ignorait que le salut du royaume d'Égypte dépendait de la découverte de ces précieux objets. Le sauveur de l'Empire n'avait pas la moindre envie de révéler ce secret à sa sœur. Il n'avait cependant aucune raison de lui cacher l'échec de sa dernière mission. D'un ton dépité, il avoua:

— Malheureusement, nous n'avons pas trouvé ce que nous cherchions, ma belle. Le trésor n'était probablement pas sur cette petite île que nous avons explorée dans ses moindres recoins. Nous avons fait de notre mieux. Il était grand temps pour nous de rentrer à la maison.

— C'est quand même fâcheux, soupira Tati. Vous aviez déjà réussi à récupérer trois de ces quatre coffres. Même si vous n'avez pas rapporté le dernier, j'espère que Pharaon ne sera pas trop fâché contre vous… Mais, au moins, vous avez passé de bons moments sur cette île! Quand Raya me lisait tes messages, je mourais d'envie d'être là-bas, avec vous. La grande mer est sûrement très belle… Vous avez fait un merveilleux voyage, non?

— Bien sûr, mentit Leonis en retenant un fou rire. Disons que, en ce qui me concerne, ce voyage était… à couper le souffle… J'ai déjà rencontré Mykérinos. Il n'est pas en colère contre nous. Il est certainement déçu, mais il sait que nous avons tenté l'impossible pour mener à bien cette mission.

La fillette s'écarta un peu du sauveur de l'Empire. Elle le considéra d'un air sévère pour jeter :

— Promets-moi que tu ne partiras plus, Leonis.

— Je ne partirai plus, Tati, jura l'enfant-lion.

La nuit était bien avancée lorsque Mérit retrouva sa jumelle sur la terrasse de la belle demeure. Leonis, Montu et Tati dormaient. Appuyée à la rambarde de pierre, Raya pleurait. Mérit s'approcha d'elle. La malheureuse posa la tête sur son épaule. Après un long silence à peine profané par les stridulations des insectes, Mérit murmura :

— Je savais que je te trouverais ici, ma sœur… Tu n'aurais jamais pu prévoir que ce serait aussi difficile, n'est-ce pas?

— Bien sûr que non, répondit Raya. J'avais la certitude que c'était terminé. J'étais impatiente de le revoir, mais j'étais certaine de ne plus l'aimer autant… Seulement, quand je l'ai vu… Je m'en veux, Mérit. Si tu savais à quel point je m'en veux… Il faut que je renonce à lui. Son cœur appartient à Esa… Leonis ne m'aimera jamais.

Mérit enlaça sa sœur pour la bercer avec tendresse. D'une voix enfantine, elle lui glissa à l'oreille :

— Moi, je t'aime beaucoup, petite Raya.

15
PLUIE DE GRENOUILLES

Dans les jours qui suivirent l'arrivée de Leonis et de Montu, le vénérable Ankhhaef revint à son tour dans la capitale. Pharaon lui réserva un accueil des plus chaleureux. Le grand prêtre fut prié de reprendre la gouverne du sanctuaire de Rê. Il accepta avec dignité, et il loua la grâce du souverain des Deux-Terres. Dès son retour au temple, Ankhhaef épaula la sorcière d'Horus. En premier lieu, il fit vider l'un des trois vastes magasins du lieu de culte pour le transformer en dortoir. Les deux cents esclaves moribonds que Sia s'évertuait à sauver purent ainsi profiter de lits convenables. Avec l'efficacité extraordinaire qui le caractérisait, le grand prêtre fit en sorte de doter rapidement la guérisseuse de tout ce dont elle avait besoin pour mener à bien sa difficile tâche. Par malheur, dans le courant de la première semaine que le groupe d'esclaves passa au temple, une quarantaine d'entre eux succombèrent. Malgré ces pertes, la sorcière ne se laissa pas abattre. Elle redoubla d'efforts, renonçant même au sommeil afin de s'occuper continûment des malades. Il y eut d'autres morts. Néanmoins, après un mois de convalescence, la survie de plus de cent trente de ces misérables fut assurée. Il ne restait plus qu'à les sustenter. Sia avait préparé une grande quantité d'une nourriture granuleuse et grisâtre. Cette mixture avait un vague goût de cendre, mais, puisque les esclaves reprenaient rapidement des forces, aucun doute ne subsistait quant aux vertus qu'elle possédait. Le travail de Sia était terminé. Étant donné que les prêtres du temple de Rê pouvaient aisément prendre sa relève, la sorcière s'accorda quelques jours de repos.

Puis, un matin, elle quitta le sanctuaire en compagnie du petit Hapou. Elle ne revint pas. Le lendemain, Ankhhaef se rendit au palais royal pour aviser Leonis de sa disparition. Dans le repaire des adorateurs d'Apophis, la sorcière d'Horus avait fait part à l'enfant-lion de ses intentions de se lancer à la poursuite de Merab. L'adolescent fut très troublé d'apprendre qu'elle était partie sans dire au revoir à personne. Ce jour-là, après la visite de l'homme de culte, il alla rejoindre Montu et Menna pour leur transmettre l'alarmante nouvelle.

Menna était demeuré une quinzaine de jours au cœur du Fayoum. Là-bas, les combattants du lion avaient célébré leur triomphe et honoré la mémoire de leurs frères morts au combat. Puisque le camp devrait rester désert durant une longue période, les soldats avaient aussi veillé à le préparer en conséquence. Ensuite, tous ces braves gaillards étaient allés retrouver les leurs. Le jeune commandant et ses lieutenants s'étaient réservé la difficile tâche de rencontrer les familles des défunts. Bien entendu, Menna avait tenu sa promesse de se faire raser le crâne. En l'apercevant, Montu et Leonis avaient eu un moment d'hésitation. Mais ce silence perplexe avait vite été rompu par une cascade de rires.

Quand le sauveur de l'Empire informa ses compagnons de la disparition de l'enchanteresse, ils discutèrent longuement de la situation. Leonis exprima son regret de n'avoir pas été plus vigilant. La sorcière l'avait pourtant mis au courant de son projet de vengeance. Elle comptait utiliser le petit Hapou pour parvenir jusqu'à Merab. La seule présence du gamin aux côtés de Sia eût donc été suffisante pour exhorter l'enfant-lion à se montrer plus prévoyant. Menna rappela alors à Leonis le terrible épisode de l'Île des Oubliés au cours duquel ils avaient été confrontés à l'une des créatures du puissant sorcier de Seth. D'un seul coup de coude, ce monstre avait terrassé le sauveur de l'Empire. Si Bastet ne lui avait pas permis de se métamorphoser en lion blanc, l'être de cauchemar créé par Merab eût été irréfrénable. Cet affrontement avait failli coûter la vie à Leonis. Même s'il y avait lieu de s'inquiéter pour elle, les aventuriers n'eussent assurément rien pu faire pour assister Sia dans sa déraisonnable entreprise. La sorcière d'Horus avait quitté le temple dans le plus grand secret. Elle avait agi ainsi pour soustraire ses amis à une mort certaine. Leonis et ses compagnons souhaitaient de toutes leurs forces que Sia ne retrouvât pas Merab.

Une semaine plus tard, une nouvelle encore plus affligeante vint anéantir les ultimes espérances du sauveur de l'Empire. Trois prêtres du sanctuaire de Bouto s'amenèrent au palais. Ils rencontrèrent Pharaon pour lui annoncer que le dieu des dieux avait rendu les oracles. Tout d'abord, une pluie de grenouilles s'était abattue sur les marécages. De mémoire d'homme, un tel prodige n'avait jamais eu lieu. Pour la bonne raison que les grenouilles étaient intimement liées à la fécondité du grand fleuve, les prophètes avaient tiré un heureux augure de cette grêle d'amphibiens. Toutefois, dans la soirée qui avait succédé à ce fabuleux événement, le grand prêtre qui officiait dans le naos du temple avait vu la statue de la déesse Ouadjet verser des larmes de sang. Ce second signe était facile à interpréter : les divinités exprimaient au roi leur insatisfaction. Les devins du sanctuaire avaient jeûné et médité durant sept jours avant que l'un d'eux eût enfin une vision qui permettrait aux prêtres d'ajouter quelques indices supplémentaires aux mystérieux phénomènes. Lorsqu'ils rencontrèrent Pharaon, les messagers de Bouto ne savaient rien de la mort de Baka. Ils ignoraient également que la quête des douze joyaux avait échoué. Pourtant, ce qu'ils avaient à dire au sujet des oracles se rattachait bel et bien à ces deux réalités. L'un des envoyés transmit les présages à Mykérinos :

— Les grenouilles tombées du ciel annoncent des jours prospères pour l'Empire. Les larmes sanglantes d'Ouadjet signifient toutefois que la colère du dieu des dieux n'est pas apaisée. L'un de nos devins a eu la vision d'un serpent lové dans la double couronne du divin royaume d'Égypte. Il a vu l'élu chasser le serpent, mais la coiffe royale s'est aussitôt transformée en cendres. Ensuite, le devin a ressenti que l'élu avait très faim. Il l'a vu s'approcher d'un bol doré posé sur une table. Le bol contenait douze figues charnues, fermes et savoureuses. L'élu a mangé neuf fruits et, même si sa faim n'était pas assouvie, il a renoncé aux trois dernières figues… Aurais-tu d'autres révélations à nous faire, Pharaon ? Toi qui es dieu parmi les mortels, serais-tu en mesure de comprendre le sens de ces signes ?

Sans trop délibérer, le souverain répondit :

— Je comprends la signification de ces présages. Je dois avant tout vous annoncer que Baka est mort. Ses hordes ont été annihilées. Le serpent enroulé dans la coiffe royale représentait sûrement le chef des adorateurs d'Apophis. Cet homme maléfique a été assassiné par l'élu. C'est ce que voulait dire la vision du devin. La double couronne réduite en cendres m'indique que mon royaume n'est pas sauvé pour autant ; aux yeux de Rê, la mort de mon cousin ne constitue pas un sacrifice suffisant.

L'un des messagers intervint :

— Les oracles n'ont jamais stipulé que l'élu devait tuer Baka, ô roi ! Quelles raisons ont poussé l'enfant-lion à commettre un tel acte ?

Pharaon se leva de son divin siège. Le front soucieux, il fit quelques pas dans la salle du trône. Il s'immobilisa devant les envoyés de Bouto pour annoncer :

— Les trois derniers joyaux sont perdus. L'offrande suprême ne pourra pas être livrée à Rê... Les figues représentaient les joyaux. Le devin a vu le sauveur de l'Empire manger neuf des douze fruits qui se trouvaient dans le bol. Au mépris de sa faim, il a renoncé aux trois derniers... C'est à cet endroit que le songe devient impénétrable... Les figues qui restaient étaient toujours à la portée de l'élu. Il n'en va pas de même pour les joyaux. Car les derniers éléments de l'offrande suprême ont sombré dans un gouffre au fond duquel coulait une rivière de feu...

Les messagers de Bouto échangèrent des regards incrédules. Mykérinos sourit discrètement avant de poursuivre :

— Votre méfiance est justifiable, honorables envoyés. Mais soyez assurés que la vérité de Maât s'exprime par ma bouche. Durant sa quête, l'enfant-lion a assisté à de nombreux prodiges. Il a rencontré des divinités. J'ai moi-même souvent douté de ce garçon... Aujourd'hui, en dépit de l'échec de sa mission, il a toute ma confiance... Le sauveur de l'Empire sera dévasté lorsque je lui ferai part de la réponse de Rê. Évidemment, la pluie de grenouilles peut être interprétée comme un signe bénéfique et, si je n'étais pas au courant de certains faits, la vision du devin m'apparaîtrait sans doute, elle aussi, comme un message d'espoir. Elle semble nous indiquer que le babouin, le vautour et le cobra ne seraient pas vraiment perdus. Elle nous montre que l'enfant-lion n'aurait qu'à tendre la main pour les récupérer. Malheureusement, j'ai la conviction que le songe des figues évoque un événement qui appartient au passé : sur l'île, les joyaux se sont bel et bien retrouvés à la portée de l'élu, mais ce dernier a renoncé aux divines effigies pour préserver la vie d'un nouveau-né...

L'un des prêtres s'exclama :

— Leonis aurait renoncé au salut du divin peuple d'Égypte dans le seul but de sauver un enfant ? Est-ce bien là le sens de tes paroles, Pharaon ?

— En effet, acquiesça Mykérinos. Je conçois sans peine que cette révélation puisse vous indigner. Seulement, étant donné que le sauveur de l'Empire a été choisi par les divinités, il n'appartient pas à l'homme de le juger. Ce mortel a beaucoup souffert dans l'espoir d'accomplir sa quête. Je puis vous assurer que les obstacles qu'il a été contraint de franchir allaient bien au-delà des capacités humaines. Certes, Leonis a échoué. Cependant, je veux que vous sachiez qu'aucun de mes sujets n'aurait été en mesure de mener à bien cette mission. Si l'élu a commis une erreur en sauvant cet enfant, il serait inutile, voire injuste de le condamner... Vous allez maintenant retourner dans votre sanctuaire, nobles messagers. La pluie de grenouilles qui s'est abattue sur le delta me porte à croire qu'il subsiste une possibilité d'apaiser la colère du dieu-soleil. Les oracles n'ont peut-être pas fini de parler... Le temps commence à nous manquer. Si rien ne change, le grand cataclysme aura lieu dans moins d'un an.

Après la visite des envoyés de Bouto, Leonis, Menna et Montu furent convoqués au palais. Comme l'avait prévu le roi, l'enfant-lion et ses amis furent grandement attristés d'apprendre que la fin des adorateurs d'Apophis n'était pas parvenue à calmer le courroux de Rê. Cependant, cette nouvelle ne les surprit pas. Malgré l'heureux présage que pouvait représenter la pluie de grenouilles, ils ne furent guère enthousiasmés. S'il restait un moyen d'assurer le salut du royaume, ils n'avaient pas la moindre idée de ce dont il s'agissait. Cette rencontre avec le maître des Deux-Terres vint donc réduire à néant le peu d'espoir qui subsistait dans leur cœur. Pourtant, en regagnant la maison, Montu parvint à provoquer les rires de ses compagnons en lançant:

— Une pluie de grenouilles... J'aurai vraiment tout entendu, les gars! À mon avis, il s'agissait sans doute d'un avant-goût de la fin des fins. Qui sait? Quand viendra le grand cataclysme, nous serons peut-être ensevelis sous une pluie d'hippopotames...

Les semaines passèrent. Deux mois après l'assaut du Temple des Ténèbres, un courtisan se rendit chez Leonis pour l'informer du fait qu'il était attendu au palais royal. Avant de suivre l'homme, le sauveur de l'Empire lui demanda si ses amis étaient autorisés à l'accompagner. Le courtisan répondit par la négative. En marchant vers la grande demeure, l'enfant-lion était fébrile. Il pressentait qu'il était sur le point de vivre un moment important. Quelle nouvelle l'attendait dans la salle du trône? Les oracles étaient-ils venus lever le voile sur ce qu'il faudrait faire pour pallier l'échec de la quête des douze joyaux? Leonis s'attendait à rencontrer Pharaon, mais son guide l'entraîna plutôt vers le quartier des femmes. Lorsqu'il fut convié à franchir le seuil de la chambre de la princesse Esa, son cœur se mit à battre à tout rompre.

La fille de Mykérinos était assise sur une grande chaise dorée, habilement ouvragée et sertie de pierres précieuses. Ce siège ressemblait beaucoup au divin trône de son père. Le visage magnifique et radieux de la princesse était encadré par une perruque ornée de barrettes d'or. Elle portait une robe blanche et ample. Une écharpe dorée ceignait sa taille, et un large collier multicolore parait sa poitrine. Sans se lever, Esa regarda Leonis qui s'avançait vers elle. Les lèvres de la jeune fille tremblaient, ses yeux étaient mouillés, mais une indéniable majesté émanait de sa personne. Pour la première fois depuis le soir où il avait fait sa connaissance, l'enfant-lion pouvait contempler un être qui avait longtemps occupé une place inférieure dans l'esprit rebelle d'Esa. Durant leur longue séparation, elle était devenue une véritable princesse. La gorge de l'adolescent se noua. Avant même de s'immobiliser devant la belle, il entrevit que cette rencontre se conclurait par un adieu. Malgré cette certitude, il s'efforça de sourire. Esa sourit également. Elle plongea son regard dans celui de Leonis qui le soutint sans défaillir. Après un long silence, la princesse dit enfin:

— Je suis ravie de te revoir, enfant-lion. Mon père m'avait affirmé que tu ne survivrais pas. J'ai failli mourir de chagrin... J'étais tellement désespérée que le roi a jugé bon de m'envoyer à Thèbes. Il a eu raison d'agir ainsi. Je... j'avais besoin de ce long séjour là-bas...

— Ce séjour vous a été bénéfique, princesse Esa, observa l'enfant-lion d'un ton froid. Je suis heureux de le constater.

La fille de Pharaon baissa la tête. Ses traits se couvrirent de tristesse. Elle soupira :

— Tu parles comme si... comme s'il n'y avait jamais rien eu entre nous, Leonis... Je... je sais que tu peux lire dans mon regard que bien des choses ont changé depuis notre dernière rencontre... Mais est-ce une raison pour te comporter de la sorte ? Pourquoi ne m'appelles-tu pas tout simplement Esa, comme avant ?

Le sauveur de l'Empire s'approcha. Il posa sa main sur celle de la princesse. Elle la prit pour la serrer avec délicatesse. À ce contact, ils comprirent que leurs sentiments s'étaient émoussés. Leonis souleva le menton de la belle pour l'obliger à le regarder. D'une voix émue, il murmura :

— Vous dites vrai, princesse. Je devine que bien des choses ont changé. J'ai souvent tenté de vous convaincre que votre place était au palais. D'autres que moi ont visiblement réussi à vous faire entendre raison. Vous rêviez d'une vie modeste, et, puisqu'il m'a déjà été permis de partager l'un de vos songes, je sais fort bien qu'en ce temps-là vous étiez convaincue des bienfaits qu'aurait pu vous apporter une pareille existence... Vous m'assuriez que personne ne pourrait vous faire changer d'avis... Nous avons vécu de très beaux moments, vous et moi. Seulement, en y réfléchissant bien, nous devons admettre que les heures que nous avons passées ensemble ne suffiraient même pas à remplir une journée complète. Nous nous aimions sans nous connaître vraiment. Je pensais beaucoup à vous. Vous pensiez souvent à moi. Vous m'imaginiez selon vos désirs, et je faisais la même chose... Avec le temps, vous m'avez oublié. C'est beaucoup mieux ainsi, croyez-le bien. À présent, j'ai devant les yeux la princesse que vous étiez censée devenir. C'est pourquoi je m'adresse à vous avec le respect qui revient aux membres de la famille royale.

Le sauveur de l'Empire retira sa main. Les doigts fins d'Esa palpèrent le vide durant quelques instants. Elle se plongea dans ses réflexions avant de rappeler :

— Tu m'as libérée du sort que m'avait jeté le sorcier Merab, Leonis. Tu as risqué ta vie pour moi... J'avais peur que tu te sentes trahi en apprenant que... que je n'avais plus l'intention de quitter mon père.

— Je ne vous en veux pas, princesse Esa. De toute manière, j'aurais été incapable de tenir la promesse que je vous ai faite lors de ma dernière visite dans cette pièce... Je ne suis pas parvenu à sauver l'Égypte. Nous sommes tous condamnés... Vous serez donc avec les vôtres lorsque viendra la fin des fins. Quant à moi, j'aurai la chance de vivre ces derniers mois en compagnie de ma petite sœur. Je tiendrai la main de Tati lorsque notre mère Henet et notre père Khay nous accueilleront dans le royaume des Morts...

— J'ai l'intuition que rien n'est perdu, enfant-lion. J'ai confiance en toi. Je suis certaine que Rê t'offrira l'occasion d'achever ta quête. L'empire d'Égypte sera sauvé. Nous survivrons... Je ne t'oublierai jamais, Leonis. Tu garderas toujours une place particulière dans mon cœur. À Thèbes, j'ai compris que j'avais toujours été une enfant capricieuse. Les prêtres m'ont convaincue de l'importance d'accomplir mon destin. Mon père a décidé de m'offrir plus de liberté... Il y a deux semaines, un jeune noble a demandé ma main à Pharaon... Avant qu'il ose faire cette demande, j'avais déjà passé beaucoup de temps avec lui... Il... il a agi ainsi parce que... parce que telle était ma volonté… J'aime ce jeune homme… Tu as raison de dire que nous nous connaissions très peu, toi et moi… Cette rencontre me déchire, mon ami. Mais je ne pouvais pas te quitter sans te dire la vérité… Crois-moi, la dernière chose que je désire, c'est de te causer du chagrin… Me pardonneras-tu, Leonis ?

Les jeunes gens pleuraient. En dépit de la vive émotion qui l'étreignait, le sauveur de l'Empire parvint à esquisser un sourire. Il balbutia :

— Je te… Je vous pardonne, princesse Esa… Je… je vous souhaite le plus grand des bonheurs… Maintenant, si vous le permettez, je dois m'en aller…

La fille du Pharaon hocha la tête en silence. À travers le brouillard de ses larmes, elle vit l'enfant-lion tourner les talons pour quitter la chambre d'un pas hésitant. Ils ne se revirent jamais.

16
LE SACRIFICE
DE L'ABEILLE

Sia observa longuement ses faucons qui tournoyaient sous une procession de nuages blancs, rachitiques et poussés vers le nord par les grands vents des hauteurs. La sorcière d'Horus ferma ensuite les paupières. Son visage se contracta. On eût dit qu'elle s'évertuait à résoudre une difficile énigme. À ses côtés, le petit Hapou et son père Taheb la fixaient avec respect. Les lèvres pleines de l'enchanteresse s'étirèrent dans un sourire. Elle ouvrit les yeux; puis, d'une voix quelque peu sinistre, elle déclara:

— Je te remercie de m'avoir guidée jusqu'ici, Taheb. À présent, vous pouvez partir, ton fils et toi.

L'air embarrassé, Taheb se gratta la tête. Il dit:

— Vous courez un grand risque, noble Sia. N'allez pas là-haut… Dans cette grotte, l'un de mes compagnons a été brûlé vif… Le vieux est un sorcier. À l'intérieur des caisses que nous avions la tâche de transporter, il y avait des choses mauvaises… Mon ami Heti était dans la grotte quand le corps de ce pauvre Ptahou s'est enflammé comme une torche.

Sia demanda :

— Ptahou avait-il contrarié le vieux Merab ?

— Non, assura l'homme. Heti m'a dit que Ptahou avait simplement soulevé le couvercle de l'une des caisses. Le feu l'a aussitôt enveloppé. Heti est sorti de la grotte en courant comme un fou. Ensuite, en compagnie d'un autre serviteur, je me suis lancé à sa poursuite. Nous avons rattrapé Heti. Il tremblait de tous ses membres. La terreur l'empêchait de parler. Quand il a enfin pu nous raconter ce qu'il avait vu, nous avons décidé de ne plus retourner au campement… N'y allez pas, Sia…

— Sois sans crainte, brave Taheb. Il y a déjà plusieurs mois que tes amis et toi avez faussé compagnie à Merab. Ce vieillard ne rôde sans doute plus dans les alentours.

L'homme s'approcha de la femme pour l'enlacer avec ferveur. Il bredouilla :

— Comment pourrais-je vous remercier de m'avoir ramené mon fils, Sia? J'ignore encore comment vous avez fait pour me retrouver, mais je sais très bien que, sans vous, je n'aurais jamais revu mon petit Hapou.

— En acceptant de me conduire à proximité de l'endroit où vous avez abandonné Merab, tu m'as rendu un fier service, Taheb. Maintenant, tu dois regagner Memphis. Là-bas, tu te rendras au temple de Rê. Tu insisteras pour rencontrer le grand prêtre Ankhhaef. Dis-lui que c'est moi qui t'envoie. Le vénérable Ankhhaef te donnera du travail. Il connaît déjà Hapou. Ton fils et toi, vous pourrez enfin vivre convenablement.

Taheb s'écarta. Ses traits exprimaient une reconnaissance sans mélange. Sia s'inclina pour déposer un baiser entre les sourcils de Hapou. Après quoi, elle lui ébouriffa les cheveux en lançant:

— Nous devons nous séparer, petit héros! Tu prendras soin de ton père, n'est-ce pas?

Les bras menus de Hapou s'accrochèrent à la taille de la sorcière d'Horus. Il posa sa joue contre son ventre un peu rond pour chuchoter:

— Merci, Sia. Je serai très sage, et je prendrai bien soin de mon père. Tu sais, Taheb est très gentil. Quand ma mère est morte, je ne marchais pas encore… Taheb s'est toujours bien occupé de moi… Pourquoi ne deviendrais-tu pas sa femme? Je deviendrais alors ton petit garçon…

Sia pouffa. Les joues de Taheb s'empourprèrent. En soupirant, la sorcière répondit:

— Tu es adorable, mon petit Hapou. Ton père n'est pas seulement gentil, il est aussi très beau. Puisqu'il peut compter sur toi, j'ai l'impression qu'il ne tardera pas à trouver une épouse. En ce qui me concerne, je suis attendue ailleurs.

— C'est dommage, gémit le petit. Est-ce que tu viendras au moins nous visiter?

— Si, un jour, il m'arrivait de repasser par Memphis, je ne manquerais pas d'aller te voir, mon garçon. N'oublie pas mon conseil, surtout…

— Tu peux être tranquille, Sia, affirma solennellement Hapou en rejoignant son père. Je n'avouerai à personne que j'ai rencontré le grand serpent Apophis. Les gens diraient que j'ai du sable dans l'esprit.

Ils se saluèrent une dernière fois. Taheb et son fils dévalèrent en riant une pente abrupte pour rejoindre la route qui se trouvait en contrebas. Durant un court moment, Sia les suivit des yeux. Elle se retourna ensuite pour scruter les falaises. Elle avait caché la vérité à

Taheb. Grâce à ses faucons, elle avait pu constater que le sorcier Merab était toujours là. Le vieillard n'était plus que l'ombre de lui-même. Il ressemblait à une momie. Qu'est-ce que cela signifiait? Ces observations avaient grandement étonné l'enchanteresse, mais, devant Hapou et Taheb, elle avait pris garde de ne rien révéler de sa surprise. Elle s'engagea dans le sentier qui lui permettrait d'atteindre la bordure du désert. Dans peu de temps, elle affronterait son ennemi. Même si Merab semblait très malade, elle savait qu'elle ne survivrait probablement pas au combat qui l'attendait. Cependant, avant de mourir, elle avait la ferme intention de tuer le sorcier de Seth. Il suffirait de le surprendre, de s'approcher suffisamment de lui pour que l'ultime sort dont elle comptait se servir ne perdît pas de son efficacité. Ce puissant sortilège était dévastateur. Les Anciens l'appelaient «le sacrifice de l'abeille», car, à l'instar du noble insecte qui mourait après avoir utilisé son dard, la personne qui lançait ce sort le payait de sa vie. Sia se sentait prête à faire ce sacrifice. Elle vengerait bientôt son petit Chery. Elle n'avait pas peur. La femme ne remarqua pas le personnage vêtu de noir qui la suivait. Il faut dire que cet individu prenait garde de rester éloigné d'elle. En dépit de cette précaution, aucun être ordinaire n'eût pu filer Sia de la sorte sans qu'elle se rendît compte de sa présence. Les facultés exceptionnelles de la treizième sorcière d'Horus l'eussent rapidement alertée. En outre, rien n'était censé échapper au regard perçant des oiseaux de l'enchanteresse. Pourtant, Amset et Hapi, qui décrivaient toujours de larges cercles dans le ciel venteux, n'eurent aucune réaction.

Les recherches pour retrouver le père du petit Hapou avaient duré deux mois. Taheb avait souvent pensé à son fils, mais les inquiétudes qu'éprouvait l'ancien domestique de Baka rendaient son esprit confus. Pour le localiser, Sia devait attendre que Hapou s'endormît. Elle sondait ensuite les pensées du gamin en souhaitant que son père songeât à lui. Lorsqu'un tel contact s'établissait, ce lien psychique lui permettait d'atteindre l'âme de Taheb. Elle pouvait ainsi obtenir quelques détails sur l'endroit où se trouvait cet homme. Par malheur, les bribes de renseignements qu'elle recueillait étaient toujours insuffisantes. Taheb était très anxieux. Il avait peur que Merab eût avisé le maître des adorateurs d'Apophis de la fuite des serviteurs qui avaient été mis à sa disposition. Même si son fils lui manquait énormément, le père de Hapou craignait de retourner au Temple des Ténèbres.

Durant presque six mois, lui et ses compagnons d'infortune s'étaient mêlés aux paysans de la vallée du Nil. Les fugitifs avaient travaillé, ils étaient arrivés à se nourrir convenablement, mais la hantise d'être retrouvés par les ennemis de la lumière ne les avait jamais quittés. Heureusement, un jour, Taheb s'était rendu au port de Memphis avec l'intention d'y dénicher un quelconque travail. Sia était parvenue à le repérer. Hapou et elle se trouvaient alors à deux jours de marche de la capitale. Afin de ne pas perdre la trace de Taheb, la sorcière avait chargé ses faucons de le surveiller jusqu'à ce qu'elle le rejoignît. Évidemment, les retrouvailles du petit garçon avec son père avaient été émouvantes. Hapou avait appris à l'homme que les adorateurs d'Apophis avaient été vaincus par les soldats de l'Empire. Taheb avait su que Sia avait veillé sur son fils. Pour la remercier, il l'avait laissée le convaincre de lui indiquer l'endroit où, six mois auparavant, le vieux Merab avait établi son campement. Tandis qu'elle montait à la rencontre de l'envoûteur, la femme avait la certitude qu'elle parviendrait à déjouer sa vigilance. Elle avait augmenté la force du bouclier magique dont elle s'était dotée avant de quitter les Dunes sanglantes. D'habitude, cette protection s'avérait très efficace.

Seulement, Sia ignorait qu'elle n'avait presque plus d'effet lorsque Merab était à proximité. Le sorcier de Seth vit donc venir son ennemie. Une joie fébrile faisait trembler sa vieille et fragile carcasse.

Merab allait de plus en plus mal. Il n'avait plus un seul cheveu, sa dentition se restreignait maintenant à deux molaires branlantes et douloureuses, le sable qui avait torturé ses articulations s'était transformé en braises ardentes; sa peau disparaissait entièrement sous une enveloppe d'abcès et de cloques; ses poumons étaient irrités, ses intestins se nouaient et l'un de ses yeux, recouvert d'un voile épais et grisâtre, ne percevait même plus la lumière. Le vieux passait la majorité de son temps dans un sommeil tourmenté. Son dernier serviteur était mort une semaine auparavant. Dans une suprême tentative de se soustraire à l'influence néfaste des joyaux, Merab avait exhorté le domestique à s'emparer des effigies pour les emporter au loin. Ce malheureux avait subi le même sort que l'imprudent qui avait osé soulever le couvercle de la caisse. Son corps avait été anéanti en quelques instants. Le babouin, le vautour et le cobra n'avaient pas bougé. Le maléfique sorcier n'en avait sûrement plus pour long-temps. Le fluide émanant des divines effigies s'attaquait à chaque parcelle de son être. Quelquefois, il sombrait dans le délire. Mais, mis à part le fait qu'il le rendait incapable de juguler la dégénérescence de son corps, le mal pernicieux qui l'affligeait n'avait toujours aucune emprise sur ses facultés surnaturelles. De plus, l'énergie à laquelle il avait longtemps eu recours pour se dérober à la maladie et au déclin de sa chair n'était pas perdue. Cette force était toujours en lui. Et elle était venue s'ajouter à la puissance terrifiante de ses pouvoirs magiques. Seulement, dans la mesure où Merab était isolé de tout, cette puissance ne lui servait plus qu'à abattre les oiseaux de proie, de plus en plus nombreux, qui survolaient le campement en attendant son trépas. Depuis que les joyaux le retenaient captif, ses facultés n'avaient jamais été plus redoutables, mais il n'avait plus l'occasion de s'en servir. L'ironie de cette situation l'exaspérait. Il lui était même arrivé d'éclater en sanglots. L'envoûteur était ravi de voir Sia progresser en direction de son campement. La méprisable et naïve sorcière d'Horus venait se livrer à lui. Sous peu, telle une ridicule souris se faufilant dans la cage d'un fauve affamé, elle serait à sa merci. Après avoir vécu une interminable période de détresse, d'amertume et de souffrances physiques, Merab pourrait enfin se divertir. Sia s'amenait comme le dernier repas d'un condamné à mort. Le vieillard se sentait ému. S'il l'avait pu, il eût couru à la rencontre de cette idiote.

Lorsque la sorcière arriva en vue du campement, Merab était debout. Sia tressaillit. L'envoûteur lui tournait le dos. À l'aide d'une corde, il s'affairait à arrimer plus solidement la toile de son modeste abri à un pieu chancelant enfoncé dans le sable durci. Il ne semblait pas se douter de la présence de la femme. Cette dernière eut néanmoins un instant d'hésitation. L'homme pouvait se retourner à tout moment. Il ne le fallait pas. Pour que son sortilège fût fatal, la sorcière d'Horus devait s'approcher à moins de cinq coudées de sa victime. Sia déglutit. Elle dépassa ensuite le bosquet rabougri derrière lequel elle s'était arrêtée pour observer le vieux. Elle fit quelques enjambées silencieuses. Merab ne se retourna pas, mais, lorsqu'il prit la parole, Sia sut d'emblée qu'elle venait de perdre la partie.

— Je te souhaite la bienvenue, Sia! s'exclama l'envoûteur. J'aurais préféré te recevoir dans un décor un peu plus… somptueux, mais j'imagine que tu n'es pas venue avec l'intention de partager mon vin… D'ailleurs, je n'ai plus de vin.

Le sorcier de Seth fit face à l'enchanteresse. En constatant son état, Sia ne put réprimer un rictus de dégoût. Merab enchaîna d'un ton navré :

— Je sais que je suis très laid, Sia. J'ai fait une énorme bêtise. En quittant l'Île des Oubliés, j'ai eu l'audace de ramener les trois derniers joyaux de la table solaire avec moi...

La sorcière d'Horus fut frappée d'étonnement. Elle voulut répliquer, mais une force mystérieuse s'empara d'elle. Horrifiée, elle découvrit qu'elle ne pouvait plus remuer ni émettre le moindre son. Le vieillard eut un rire rauque qui le fit tousser. Il expulsa un crachat rosâtre et poisseux avant d'expliquer :

— Eh oui ! Les joyaux n'étaient plus dans le coffre lorsque ce précieux objet est tombé dans le gouffre. Je comptais livrer ces jolies statuettes à mon maître Seth qui m'attendait dans les Dunes sanglantes. Le pauvre Merab voulait devenir un dieu. Les joyaux ont fait de lui un être pitoyable, repoussant et agonisant... Je vais bientôt mourir, Sia. N'est-ce pas là une excellente nouvelle ? Ce qui est moins drôle, c'est que tu vas mourir avant moi... Tu venais pour me tuer. Je me rends compte que tu n'as rien appris de notre dernier affrontement dans le territoire du dieu du chaos. Je croyais que tu avais compris que j'étais beaucoup trop fort pour toi...

Le sorcier se tut. Il s'attendait à une réplique, mais la femme ne dit rien. Elle était toujours paralysée. Merab fronça les sourcils. Il constata que son ennemie était la proie d'un sortilège, mais il n'était pas responsable de cet envoûtement. Il songea que les joyaux avaient peut-être quelque chose à voir avec ce phéno-mène. Il sursauta lorsqu'une voix puissante s'éleva dans le silence du paysage aride :

— Sia ne te répondra pas, Merab ! Car je l'ai envoûtée ! Le sort qui la paralyse la protège aussi de ta magie !

Un personnage vêtu d'une longue robe noire s'écarta d'un groupe de rochers qui bordaient le sentier qu'avait emprunté Sia pour atteindre le campement. L'homme était grand. Sa tête était coiffée d'un capuchon. Le bas de sa figure disparaissait derrière un voile opaque. Merab essaya de sonder les pensées du nouveau venu. Il en fut incapable. Avec angoisse, il réalisa que cet individu ne lui avait pas menti en affirmant que la femme était sous son joug. Il s'agissait bel et bien d'un sorcier. Le vieillard parvint à masquer son appréhension. Il jeta :

— Qui es-tu, étranger ? Ne fais pas un pas de plus ! Tu pourrais vraiment le regretter !

L'inconnu ne fut guère impressionné par la menace. D'un pas lent et étudié, il marchait vers le sorcier de Seth. Merab poussa un grognement. Il tendit ses doigts décharnés pour jeter un sort à l'homme en noir. Celui-ci ne ralentit même pas. Ses yeux se plissèrent légèrement, et le vieillard poussa un hurlement. Une douleur aiguë lui transperça la main. Avec stupeur, il vit la peau de ses doigts grésiller et fondre comme de la cire. L'envoûteur se laissa tomber sur ses genoux sensibles. La souffrance que cette chute provoqua fut cependant beaucoup moins cuisante que celle qui torturait sa main. Il leva son regard borgne et implorant sur le redoutable personnage qui se dressait maintenant devant lui. Il demanda encore:

— Qui… qui es-tu donc, étranger?

L'homme abaissa son capuchon. Il retira ensuite le morceau de tissu qui masquait ses traits. Il était jeune. Vingt ans, tout au plus. Ses longs cheveux noirs tombaient en boucles serrées sur ses épaules larges. Son beau visage était insondable. Un sourire cruel était figé sur ses lèvres charnues. Merab eut la vague impression de reconnaître le regard sombre et inquiétant qui le toisait. L'étranger émit un rire narquois. Il ignora la question du vieux pour l'interroger à son tour:

— As-tu peur des moustiques, Merab?

Une lueur de compréhension embrasa l'œil valide du sorcier de Seth. Il balbutia:

— Toi… Ce… ce n'est pas possible… Tu… tu ne peux pas avoir grandi aussi vite…

— La science des Anciens est grande, dit le jeune homme. Après ma fuite du repaire de Baka, les miens m'ont recueilli. Ils ont veillé à me faire atteindre rapidement la maturité dont j'avais besoin pour utiliser les facultés qui sommeillaient en moi. J'ai ensuite appris à maîtriser mes pouvoirs. Après, j'ai regagné l'Égypte dans le seul but d'accomplir l'œuvre pour laquelle ma mère Sia et mon père Harkhouf m'ont donné la vie. Je viens te tuer, Merab.

Le vieux se mit à pleurer. Il supplia :

— Je t'en conjure, Chery ! Ne me tue pas ! De toute manière, je suis mourant ! Et puis, je suis presque ton père ! Pendant des siècles, je t'ai élevé et nourri ! Joins-toi à moi ! Débarrasse-moi de l'influence des joyaux et nous rejoindrons ensemble le territoire de Seth ! Ta mère pourra nous accompagner ! Tu deviendras un dieu ! Un dieu !

Chery éclata de rire. Il passa une main dans sa chevelure chatoyante avant de riposter :

— Comme il est bon de te voir brailler ainsi, Merab. Tu m'as retenu prisonnier durant deux cents ans. Tu m'as nourri d'orge putride et tu m'as diminué beaucoup plus que tu ne m'as élevé. Tu m'assurais que j'étais ta création :

un être négligeable que tu avais confectionné dans de la bouse de vache. Tu disais aussi que mon esprit avait été dérobé à une mouche. Tu m'as toujours traité avec le plus grand mépris. Tu m'appelais «Moustique». Pour toi, je n'étais rien d'autre qu'un esclave... Tu as maintenant l'audace de prétendre que tu es presque mon père! Tu l'as assassiné, mon père, espèce de vieux débris! À cause de toi, ma mère a vécu deux siècles de réclusion dans les Dunes sanglantes! J'aimerais que tu souffres éternellement pour ce que tu as fait!

Chery leva les bras. Il ouvrit les mains et écarta les doigts. On eût dit qu'il s'apprêtait à bondir sur Merab pour le griffer. Malgré cette posture menaçante, le fils de Sia enchaîna posément:

— Oui, sorcier, j'aimerais que tu souffres. Et j'espère de tout mon cœur que les démons qui t'accueilleront dans le néant exauceront ce vœu...

Chery jeta son sort. Merab voulut hurler, mais la douleur qui l'envahit à cet instant allait bien au-delà du supplice. Il eut subitement l'impression d'être plongé dans une huile bouillante. Une pareille souffrance n'avait aucun sens. L'esprit ne pouvait la tolérer sans chercher à se dissocier de la chair. Pourtant, l'âme du vieil envoûteur fut incapable de quitter son corps tourmenté. Il était toujours conscient lorsque les abcès qui recouvraient sa peau commencèrent à crever. Il sentit aussi ses globes oculaires jaillir de leurs orbites. Il vécut le moment insoutenable où son enveloppe corporelle se recroquevilla comme une écorce jetée dans le feu. Ses muscles tombèrent en lambeaux, et, durant un bref instant, Chery put apercevoir le cœur de Merab qui battait toujours entre ses côtes dépouillées. Le cœur se déchira, et un sang épais comme un sirop vint rougir la forme grouillante et cauchemardesque. Le maléfique sorcier de Seth venait enfin de mourir. Sa langue pourpre cessa de frétiller entre ses mâchoires nues, édentées et ouvertes sur ce cri que la douleur trop intense avait étranglé. Les os prirent une teinte grisâtre, la silhouette se figea comme une statue; puis, d'un seul coup, ce qui restait du terrible personnage se désintégra pour ne laisser, sur le sable couleur de cuivre, qu'un monticule de poussière fine et blême. Le vent du désert commença alors à disperser les cendres de celui qui avait long-temps été le plus puissant sorcier d'Égypte.

Chery fit volte-face pour contempler Sia. L'envoûtement qui immobilisait l'enchante-resse se rompit. Elle demeura tout de même pétrifiée. Le fils eut une moue enfantine. La mère lâcha un gémissement oppressé. Elle exhala dans un sanglot:

— Chery... C'est... c'est bien toi, mon petit? Mon tout petit? Mon... mon amour...

Sia fut incapable de poursuivre. Elle avait peine à respirer tellement l'émotion l'étreignait. Sa figure baignée de larmes était cramoisie. Elle vacilla sur ses jambes. Chery s'élança vers elle pour la serrer dans ses bras.

17
LE CHARME DE RAYA

Chery caressa tendrement la chevelure de sa mère. Les violents sanglots de Sia mirent du temps à s'apaiser. Lorsque ce fut fait, ils s'écartèrent l'un de l'autre pour s'entre-regarder avec incrédulité et émerveillement. D'un pouce tremblant, l'homme essuya les larmes qui mouillaient les cils de la sorcière d'Horus. Il émit un rire nerveux avant d'affirmer :

— C'est bien moi, mère. Je suis Chery. Je suis désolé de t'avoir envoûtée ainsi. Il le fallait. Je ne voulais surtout pas que ce vieux fou te fasse du mal.

Le front de Sia heurta plusieurs fois le torse musclé de son fils. Elle se plaqua de nouveau contre lui pour lui demander d'une voix chevrotante et épuisée :

— Explique-moi, Chery. Explique-moi tout pour que j'arrive à croire que tu es vraiment là.

Chery acquiesça en silence. Ils fermèrent les paupières. Comme il était habituel de le faire chez les Anciens, ils communiquèrent par l'esprit. L'instant d'un souffle, Sia assimila l'intégralité de deux siècles de souvenirs. Elle fut informée des tourments que son enfant avait éprouvés en vivant sous l'emprise du vil sorcier de Seth. Elle apprit aussi que son fils avait été le grand responsable de la délivrance de la princesse Esa. Après s'être enfui du Temple des Ténèbres, le petit serviteur de Merab s'était perdu dans le désert. Il avait failli mourir, mais les Anciens l'avaient secouru à temps. Chery avait alors découvert un peuple et un monde extraordinaires dont il n'avait jamais soupçonné l'existence. Le sort qui le rendait immortel avait été interrompu. Après quelques semaines de repos durant lesquelles il avait appris à s'adapter à sa nouvelle vie, sa grand-mère, la vénérable Maïa-Hor, lui avait révélé qui il était. En prenant conscience de son importance, Chery avait accepté de bonne grâce de se confiner dans une sphère temporelle. Ce fabuleux dispositif permettait aux Anciens d'allonger ou de restreindre le temps en fonction de leurs besoins. Entouré d'une multitude d'attentions et de bienfaits, Chery avait vécu quinze ans dans cet univers parallèle. Pendant ce temps, dans le monde réel, il ne s'était écoulé que six mois. Lorsque le fils de Sia avait atteint sa puberté, les prêtresses d'Horus l'avaient rejoint dans la sphère qu'il occupait pour lui enseigner la science des sorciers. L'élève était doué. Il s'était montré rigoureux et il avait vite été en mesure d'exploiter pleinement les incommensurables facultés surnaturelles qu'il possédait. Chery avait enfin été proclamé «grand sorcier d'Horus». Quand Leonis, après sa guérison, avait été convié à réintégrer le monde des hommes, c'était le fils de Sia qui l'avait reconduit en Égypte. L'enfant-lion ne l'avait connu que très brièvement. En outre, Chery ne lui avait pas révélé son véritable nom; Merab ne devait pas savoir qu'il était de retour. À compter de ce jour, le grand sorcier d'Horus s'était lancé à la recherche du maléfique vieillard. Il avait sondé les pensées du maître Baka pour constater avec dépit que l'envoûteur avait quitté le Temple des Ténèbres. En nourrissant l'espoir de retrouver l'homme dans la sordide tanière qu'il avait partagée avec lui, Chery s'était rendu à Thèbes. Merab n'y était pas. Le fils de Sia s'était donc résigné à attendre son ennemi dans cette vieille sépulture inachevée où il avait vécu deux siècles de misère. Afin de se protéger des Anciens, le sorcier de Seth s'était doté d'un bouclier magique. Or, au mépris des efforts mentaux soutenus auxquels il s'était soumis, son rival n'avait pas pu le localiser. Heureusement, Sia avait découvert un moyen de repérer l'envoûteur. Même si la sorcière d'Horus n'avait jamais eu conscience de sa présence, son fils, sous sa forme immatérielle, était souvent venu la visiter. Chery avait donc suivi sa mère lorsqu'elle s'était lancée à la poursuite de Merab.

En poussant quelques appels stridents, les faucons de Sia vinrent se poser sur l'abri précaire qui avait été la dernière demeure du sorcier de Seth. L'assemblage passa bien près de s'écrouler. À grand renfort de battements d'ailes, les oiseaux de proie parvinrent à s'agripper à la structure sans causer le moindre dégât. Sia s'exclama :

— Voici mon fils, mes amis ! Il y a bien longtemps que vous ne l'avez pas vu ! Il est magnifique, n'est-ce pas ?

D'un même cri, Amset et Hapi approuvèrent leur maîtresse. Chery annonça :

— Tes braves et divins faucons savaient que j'étais de retour. J'ignore comment Merab s'y est pris, tout au long de ces deux cents ans, pour empêcher le dieu Horus d'être au courant du fait que j'étais toujours en vie... Si le fils d'Osiris avait su que cet homme me retenait prisonnier, les Anciens auraient sûrement tenté de me délivrer... Pour un habitant de ce monde, ce vieil envoûteur était vraiment puissant.

— En effet, répondit Sia. Mais Merab est mort, maintenant. Tu viens de guérir la terre d'Égypte d'un très grand mal, mon fils. De plus, les derniers joyaux de la table solaire doivent se trouver dans la cavité que nous apercevons là-bas. Lorsque nous les offrirons au sauveur de l'Empire, il n'en croira pas ses yeux!

Chery se concentra un moment. Tout à coup, il tressaillit avec violence. Il secoua ensuite la tête pour dire gravement:

— Nous ne devons pas nous approcher des effigies, ma mère. Elles se protègent. Au mépris de ma force, ces choses m'anéantiraient aussi rapidement que j'ai anéanti Merab. À mon avis, Leonis sera le seul être à pouvoir les déloger de cette grotte... Du moins, j'espère qu'il le pourra...

À Memphis, le sauveur de l'Empire et ses compagnons faisaient de leur mieux pour éviter de songer à la triste conclusion de l'éprouvante lutte qu'ils avaient menée et perdue. Il y avait des années que Leonis, Montu et Tati n'avaient pas eu l'occasion de profiter d'une liberté aussi absolue que celle qui leur était offerte depuis l'anéantissement des adorateurs d'Apophis. À présent, Montu, l'enfant-lion et la fillette pouvaient quitter sans crainte l'enceinte du palais royal. Guidés par Menna, Mérit et Raya, ils découvraient les splendeurs de la vaste cité. En de multiples occasions, ils s'étaient baignés dans le grand fleuve avant de prendre leur repas sur ses berges florissantes. Mérit jouait de la harpe. Raya chantait en manipulant un sistre. Tati dansait. Menna, Montu et Leonis se prélassaient dans l'herbe grasse en s'abandonnant sans remords à une saine nonchalance. Bien entendu, le monde enchanteur dans lequel ils évoluaient était sur le point de disparaître. Toutefois, d'un commun et silencieux accord, ils s'étaient résolus à saisir chacun des instants de grâce que l'existence leur offrait. Ils s'interdisaient d'évoquer les terreurs et les souffrances qu'ils avaient rencontrées au hasard de cet éprouvant périple qui s'achevait abruptement au bord d'un gouffre funeste et infranchissable. La petite Tati avait revu Khnoumit et Hay. Après deux mois de convalescence, l'état de la femme s'était grandement amélioré. Ses joues étaient plus rondes, son teint avait recouvré un éclat qui laissait entrevoir, pour ceux qui ne l'avaient pas connue dans ses beaux jours, son exceptionnelle beauté. Cette beauté réapparaissait peu à peu, comme le lustre d'un vétuste miroir de cuivre oxydé que l'on eût soumis à un savant et méticuleux polissage. Elle boitait légèrement, son dos la faisait un peu souffrir, elle portait toujours une perruque pour dissimuler ses cheveux ras, mais, à n'en pas douter, il ne resterait bientôt·plus aucune trace des peines qu'elle avait endurées durant sa captivité. Les yeux de Khnoumit resplendissaient d'une flamme nouvelle. Elle était libre. Libre et très amoureuse de Hay. Tati avait été médusée en revoyant cette femme qui, avec une bienveillance et une affection toutes maternelles, l'avait préservée de la cruauté des ennemis de la lumière. Malgré son rétablissement stupéfiant, Khnoumit était encore très maigre. Lorsqu'elle l'avait aperçue, la figure de la sœur de Leonis avait exprimé tout à la fois la surprise, le bonheur, l'inquiétude et l'incompréhension. La dame et la fillette s'étaient blotties l'une contre l'autre pour pleurer de joie. Afin de calmer les angoisses de Tati, Khnoumit lui avait fait croire que son apparence résultait d'une maladie tout à fait banale. Elle lui avait affirmé qu'elle était guérie. Elle avait aussi expliqué à la petite qu'elle ne pouvait guère, pour le moment, la renseigner sur les raisons de sa présence au temple de Rê. Tati ne l'avait pas interrogée davantage. Elle avait demandé à son grand frère l'autorisation de demeurer une semaine entière auprès de Khnoumit. L'enfant-lion avait accepté sans se faire prier. Mykérinos avait rencontré Hay à maintes reprises. Le roi avait vite été convaincu de la bonne foi de l'ancien adorateur d'Apophis. Le colosse passait chaque jour de longues heures en compagnie d'Inyotef, le commandant de la garde royale. Les deux hommes s'affairaient à établir un registre des nombreux domaines et commerces fondés par les ennemis de la lumière. Khnoumit possédait une mémoire hors du commun. Grâce à sa contribution, la liste des traîtres qui s'étaient alliés à Baka comptait déjà plus de huit cents noms. Depuis la défaite des adorateurs d'Apophis, la sur- veillance des frontières avait été grandement accrue. Dans les cités, sur les routes et sur le Nil, les soldats de l'Empire étaient aux aguets. Ceux qui avaient conspiré pour nuire au royaume avaient peu de chances de s'échapper. Après huit semaines, il était évident que ces gens avaient eu vent de la chute de leur maître. Pour eux, l'heure était à la prudence et à la discrétion. Beaucoup de ces traîtres devaient se croire à l'abri de tout soupçon. Pour le moment, ils continuaient à vaquer à leurs occupations quotidiennes. Lorsque Mykérinos disposerait de suffisamment de détails pour ordonner l'intervention qui éradiquerait les derniers adeptes du grand serpent, peu de ces scélérats réussiraient à se dérober au rude châtiment qu'ils méritaient.

Leonis était seul sur la terrasse de sa demeure. En bas, sa sœur Tati taquinait le jeune chien Baï avec les restes mâchouillés d'une vieille sandale. Devant le porche, assise dans l'herbe drue, Raya lissait ses longs cheveux à l'aide d'un peigne d'ivoire. L'enfant-lion la fixait avec admiration. Il l'avait toujours trouvée très belle. Seulement, depuis le soir de son retour, ce soir où il avait eu du mal à s'affranchir de l'attraction de son regard, il voyait la jeune fille différemment. Il lui arrivait souvent de se surprendre à la contempler. Il n'osait jamais lui demander de l'accompagner en promenade ou de venir s'asseoir auprès de lui. Pourtant, dès qu'il avait l'occasion de partager un moment avec elle, il pouvait ressentir une émotion proche de l'ivresse. Il voulait tenir sa main. Ses parfums l'envoûtaient. À l'évidence, il aimait Raya, mais il n'osait pas se l'admettre. Cette idée était tellement invraisemblable! Car enfin, si ce sentiment était réel, il se serait manifesté bien avant ce jour! Bien sûr, il y avait eu Esa...

Quand Leonis s'était mis à songer à Raya comme l'eût fait un nomade assoiffé rêvant d'une oasis, il s'était senti coupable envers Esa. Il avait cherché à se justifier en jetant le blâme de cette négligeable infidélité sur le long intervalle de temps qui le séparait de sa dernière rencontre avec la princesse. Car, tout bien considéré, à l'époque où l'enfant-lion avait perdu ses parents, n'avait-il pas, après quelques mois d'intolérable chagrin, réussi à s'habituer graduellement à leur absence? En dépit de l'amour immense et incomparable qu'il avait éprouvé pour son père Khay et sa mère Henet, les vifs souvenirs qu'il gardait d'eux avaient peu à peu cessé d'occuper ses pensées. Cette épreuve lui avait enseigné qu'un cœur était capable d'oublier. Le charme de Raya fascinait le sauveur de l'Empire. Ce dernier avait néanmoins eu la conviction que, dès qu'il reverrait la fille de Mykérinos, tout redeviendrait comme avant. Mais rien ne s'était passé comme il l'avait escompté. Il avait revu Esa. Elle ne l'aimait plus. Évidemment, cet entretien avait bouleversé Leonis. Cet après-midi-là, lorsqu'il avait quitté le palais, il était rempli d'amertume. Sa quête avait échoué. Celle qu'il aimait venait de l'abandonner. Il se sentait laid, faible et méprisable. Ses amis n'avaient pas su que la princesse l'avait convoqué pour lui annoncer son futur mariage avec un jeune noble. Dans les jours qui avaient suivi cette rencontre, l'enfant-lion s'était souvent réfugié dans sa chambre pour pleurer en silence. Les larmes qu'il versait contenaient cependant plus de colère que de chagrin. Leonis avait maugréé pendant une semaine. Quand ses amis le questionnaient sur sa mauvaise humeur, il prétendait qu'il avait mal aux dents. Toutefois, son ressentiment n'avait pas duré. Sans en avoir conscience, et juste en évoluant dans son entourage, Raya avait balayé les dernières poussières de cet amour qui avait uni l'enfant-lion et la fille du roi.

Leonis aimait Raya. Pouvait-il continuer de le nier? Manifestement, il devrait bientôt se résoudre à le reconnaître. Il connaissait cette jeune fille depuis deux ans. Pourquoi n'avait-il pas été captivé plus tôt par la grâce extraordinaire de ses gestes, par l'éclat impétueux de son rire, par son assurance de lionne? Si Mérit était la douceur incarnée, le tempérament de sa jumelle était nettement plus fougueux. Les deux jeunes servantes avaient été gratifiées de la beauté d'Hathor. Mérit possédait la sensibilité d'Isis. La pétulance de chaque instant qui caractérisait sa sœur était celle de la déesse Sekhmet. De l'avis de l'enfant-lion, même les colères de Raya étaient superbes. Il restait moins d'un an avant la fin des fins. Aurait-il le temps de séduire la jeune fille? À dire vrai, elle s'était toujours montrée aimable avec lui. De temps à autre, l'affection dont elle avait fait preuve à son égard était peut-être même allée un peu au-delà de la simple amitié... Et cette lueur admirative et teintée de mélancolie qu'il surprenait parfois quand, à l'improviste, ses yeux croisaient ceux de Raya... N'était-ce pas le regard de l'amour?

Baï aboya. Tati fit entendre un rire cristallin. Leonis inspira profondément. Il hocha brusquement la tête et, d'un pas déterminé, il quitta la terrasse. Il avait l'intention de tout dire à Raya. Elle se moquerait peut-être de lui, mais le sauveur de l'Empire n'en était pas à une déception près. Il sortit dans les jardins et il afficha ce qu'il croyait être son plus beau sourire pour se diriger vers la jeune fille. À son approche, la servante leva les yeux. Avec perplexité, elle constata que les joues de Leonis étaient empourprées. Elle plissa le front pour lui demander d'un ton inquiet:

— Ça va, mon ami? Serais-tu fiévreux?

— N... non, Ra... Raya. Je... je... En fait, je...

Ce bredouillis fut interrompu par un appel sonore:

— Leonis! Leonis, mon garçon!

L'enfant-lion tourna les yeux en direction de l'entrée des jardins. Le grand prêtre Ankhhaef courait à sa rencontre. Stupéfait, l'adolescent demeura immobile. À bout de souffle, l'homme de culte le rejoignit. Sans s'octroyer le moindre répit, Ankhhaef lui annonça en pleurant:

— Le... Leonis! Les joyaux! Sia... Elle les a... retrouvés! Ils... ils ne sont pas... perdus! L'Emp... L'Empire est sauvé, mon brave!

18
L'OFFRANDE SUPRÊME

Six jours plus tard, Leonis, Montu et Menna atteignirent la grotte dans laquelle se trouvaient les trois derniers joyaux de la table solaire. Sia et le grand prêtre Ankhhaef marchaient à leurs côtés. Dix soldats de la garde royale avaient été chargés de les escorter. Après avoir appris l'excellente nouvelle, le sauveur de l'Empire était vite allé retrouver ses compagnons d'aventures. Les jeunes gens et l'homme de culte avaient ensuite gagné le temple de Rê où la sorcière d'Horus les attendait. L'expédition s'était mise en branle le jour même. Tandis que sa mère retournait à Memphis, Chery était demeuré au campement de Merab afin de veiller sur les divines effigies. Au cours du voyage qui devait conduire le sauveur de l'Empire devant les ultimes éléments de sa quête, Sia avait raconté à ses amis comment elle était parvenue à rejoindre l'envoûteur. Leonis, Montu et Menna avaient été très heureux d'apprendre que la brave femme avait retrouvé son fils. Elle leur avait annoncé cela discrètement, car Ankhhaef ignorait tout des Anciens. L'existence de ce peuple ne devait pas être révélée aux mortels. Le prêtre avait néanmoins été informé du fait que la sorcière avait confié la surveillance des joyaux à un jeune homme digne de confiance. Sia avait dit à Ankhhaef que le trépas de Merab avait été causé par la puissance divine qui sommeillait dans les statuettes. Cette explication n'était d'ailleurs pas bien loin de la vérité, et elle avait pleinement satisfait l'homme de culte. Sia lui avait affirmé que son rival était déjà mort lorsqu'elle avait enfin pu le localiser. Évidemment, Leonis, Montu et Menna avaient su que Chery avait vaincu Merab, mais la sorcière d'Horus s'était gardée de leur dire comment s'étaient déroulés les derniers instants du maléfique vieillard. Ce qui s'était passé lors de ce bref duel ne concernait que les Anciens.

Lorsqu'ils arrivèrent en vue du campement, Chery vint à leur rencontre. Il affichait un large sourire. L'enfant-lion, qui avait connu ce jeune homme sous le faux nom d'Ipi, le salua d'un hochement de tête discret. La dernière fois qu'il avait vu Chery, ce dernier s'était montré fort peu sympathique à son endroit. Il découvrait aujourd'hui un personnage nettement plus affable. Puisque le grand prêtre Ankhhaef était là, Leonis fit comme s'il n'avait jamais rencontré le fils de Sia. Ils se contentèrent d'échanger un coup d'œil complice. Chery s'adressa d'abord à sa mère:

— Les statuettes sont toujours dans la grotte, Sia. Durant votre absence, personne n'est venu dans les environs. Est-ce que le sauveur de l'Empire est parmi vous?

— Je suis le sauveur de l'Empire, dit Leonis. Je te remercie d'avoir veillé sur ces précieux objets.

Ankhhaef ajouta:

— Tu as toute notre reconnaissance. Pharaon entendra ton nom. Comment t'appelles-tu, mon brave?

— Je me nomme Ipi, mentit Chery. Il y a quelques semaines, je suis passé près de ce campement. J'ai vu un vieillard qui semblait très malade. J'ai voulu lui venir en aide, mais il m'a repoussé avec animosité. J'ai dû me résoudre à l'abandonner. Quelques jours plus tard, j'ai croisé Sia sur la route. Elle m'a demandé si je n'avais pas, par hasard, rencontré un vieux sur mon chemin. Elle me l'a décrit: il s'agissait bien de celui qu'elle cherchait. Je l'ai guidée jusqu'ici. À notre arrivée, le type était mort. Nous avons ensuite visité cette petite grotte, nous avons découvert les statuettes, et…

La sorcière d'Horus l'interrompit pour enchaîner :

— Il y a deux cadavres dans la grotte. Il s'agit sans doute de serviteurs de Merab qui ont voulu s'emparer des joyaux. Pour qu'Ipi ne s'approche pas des effigies, il m'a fallu l'informer de leur nature divine… Je lui ai dit qui tu étais, Leonis. Il connaît aussi les enjeux de ta mission… C'est pour contribuer à la survie du royaume que ce jeune brave a accepté de rester ici pendant que je voyageais vers Memphis dans le but de vous transmettre cette extraordinaire nouvelle. Comme tu le sais déjà, enfant-lion, les corps qui sont dans cette cavité ont été réduits en cendres… Le babouin, le vautour et le cobra sont sous la protection des dieux. Selon moi, la redoutable force qui a tué ces hommes n'aura aucun effet sur toi. Les joyaux attendent le sauveur de l'Empire.

Le regard de Leonis se tourna en direction de l'entrée de la grotte. Il était un peu craintif, mais il bomba le torse d'un air déterminé. Il se racla la gorge avant de déclarer :

— Quoi qu'il arrive, la quête des douze joyaux s'achèvera ici. Si je ne peux pas prendre possession de ces effigies, personne ne sera en mesure de le faire… J'ai du mal à y croire, Sia… J'avais renoncé aux joyaux. Je les croyais engloutis à tout jamais dans une rivière de feu. Les divinités ont fait en sorte qu'ils parviennent jusqu'à moi.

L'enfant-lion observa ses compagnons. Il afficha un sourire confiant avant de se diriger d'un pas décidé vers l'entrée de la petite caverne.

Il aperçut tout de suite les statuettes. Puisque, à cette heure, la lumière du soleil ne pénétrait pas dans la grotte, l'endroit eût dû être très sombre. Pourtant, ce n'était pas le cas. Les joyaux rutilaient comme si une flamme les avait illuminés de l'intérieur. Cette lueur surnaturelle rougissait les parois de pierre. Une chaleur de four régnait dans la cavité. Leonis baissa les yeux pour examiner un moment les cadavres calcinés qui gisaient à proximité des effigies. Ces malheureux avaient connu une fin atroce. L'adolescent tritura le talisman des pharaons. Il s'avança lentement vers les joyaux en murmurant :

— J'implore ta grâce, Rê. Ma route a été longue et pénible. Je suis venu achever la mission que tu m'as confiée. Ne prends pas ma vie. Laisse mes mains saisir les dernières clés qui assureront le salut de mon peuple.

L'enfant-lion était maintenant à trois coudées des joyaux. La chaleur était quasi insoutenable. Sa tête bourdonnait. Les divins objets brillaient d'un éclat encore plus vif. Leonis déglutit. Il s'arma de courage et il proclama :

— Je suis l'élu ! Je porte le talisman des pharaons ! Je viens au nom du dieu des dieux !

Ses mains se tendirent. Il eut l'impression qu'elles allaient s'enflammer. La douleur était terrible, mais Leonis ne recula pas. Soudainement, la force qui animait les effigies disparut. Une fraîcheur agréable enveloppa le sauveur de l'Empire. Les doigts tremblants de sa main droite effleurèrent le babouin. Son autre main toucha le corps du vautour. Les joyaux étaient froids comme des galets mouillés. L'enfant-lion sut alors qu'il venait de sauver l'empire d'Égypte. Il s'empara des trois précieuses statuettes pour les plaquer contre son cœur qui battait à tout rompre. Lorsqu'il quitta la grotte, des larmes lui brouillaient la vue. Montu et Menna le rejoignirent. D'une voix brisée par l'émotion, Leonis soupira :

— Nous avons réussi, les gars. C'est terminé, maintenant.

Le sauveur de l'Empire confia les joyaux au grand prêtre Ankhhaef. Le noble personnage les cueillit avec une extrême précaution.

Une indicible félicité éclairait ses traits. Les trois amis s'étreignirent avec force. Ils se sentaient légers comme des oiseaux. Le poids du monde ne reposait plus sur leurs épaules.

Leonis et ses compagnons mirent six autres jours pour atteindre le temple de Rê d'Héliopolis où les attendaient le pharaon Mykérinos et le vizir Hemiounou. Le soir tombait lorsque la barque royale qui les avait transportés depuis la capitale toucha le débarcadère du lieu de culte. Sia et Chery étaient rentrés à Memphis. Le magnifique sanctuaire d'Héliopolis, érigé aux abords du delta du Nil, abritait la table destinée à recevoir les douze joyaux. Dès que l'enfant-lion et ses amis s'engagèrent sur la chaussée montante qui menait au majestueux pylône du temple, ils furent entourés par une cinquantaine de soldats de la garde de Pharaon. Ils traversèrent le grand portique hypostyle, et, en pénétrant dans la cour réservée aux cérémonies, ils furent acclamés par une imposante foule de prêtres en liesse. Le vizir Hemiounou vint les accueillir. En constatant que le babouin, le vautour et le cobra étaient en possession du grand prêtre Ankhhaef, l'important personnage fondit en sanglots. Les aventuriers furent ensuite guidés vers une construction située à la droite d'un monumental obélisque dont la blancheur se teintait du rose des dernières lueurs du crépuscule. La table sacrée se trouvait dans le socle de cet impressionnant ouvrage de maçonnerie. Les soldats demeurèrent dans la cour. Pharaon était seul dans le bâtiment au sein duquel se trouvait l'autel dédié au dieu-soleil. Mykérinos et le sauveur de l'Empire n'échangèrent que quelques paroles. La reconnaissance qui se lisait dans les yeux du roi rendait les mots vains.

Leonis, Montu, Menna et Ankhhaef furent invités à s'introduire dans la pièce richement ornementée qui abritait la table solaire. Seuls le roi et le vizir les accompagnèrent. Les neuf premiers joyaux avaient été déposés sur un meuble de bois sombre. Nerveusement, le grand prêtre ajouta aux autres effigies celles du babouin, du cobra et du vautour. À l'une des extrémités de la pièce trônait la table solaire. Elle était composée d'un large cercle de granit rose soigneusement poli. Sa surface luisait doucement sous l'éclairage discret de quelques lampes à huile. Au centre de la table, un disque doré représentait le soleil. Des rayons, également en or, partaient de cet axe et divisaient la lourde plaque de pierre en douze parts égales. Chacune de ces sections comportait un alvéole destiné à recevoir l'un des douze joyaux. Mykérinos désigna les statuettes. D'un ton impérial, il dit :

— Le temps est enfin venu de livrer l'offrande suprême, sauveur de l'Empire. Tu as grandement mérité l'honneur d'accomplir cet acte.

Leonis acquiesça en silence. Il prit le joyau à l'effigie du scarabée. Il se dirigea ensuite vers la table pour déposer la statuette dans la cavité marquée du symbole qui la représentait. Le joyau s'illumina doucement. Avec surprise, l'enfant-lion s'écarta de la table. Il regarda le roi qui, d'un geste du menton, l'encouragea à continuer. Chaque joyau fut ainsi jumelé à l'alvéole qui lui correspondait. À l'instar du scarabée, le faucon, le chat, le bélier, l'abeille, l'œil, le lion, la vache, le héron, le babouin, le vautour et le cobra s'emplirent d'une faible lueur. Pendant quelques instants, la somptueuse chambre baigna dans une douce lumière couleur de sang. Il y eut un bourdonnement qui évoquait celui qu'eût produit un essaim d'abeilles. Ce bruit ténu se transforma peu à peu en un chant caressant qui semblait émis par des milliers de voix. Brusquement, la lumière devint très intense. Les mortels durent fermer les yeux. Une chaleur aride et suffocante envahit la pièce. Ils eurent l'impression de se trouver non loin d'un brasier. Puis, ils entendirent une voix puissante qui semblait provenir de l'intérieur de leur crâne. Cette voix annonça :

— L'œil de Rê est satisfait ! Sa volonté est faite ! Que vive ton royaume, fils ! Prospérité ! Santé ! Force !

La voix se tut. Le chant cessa. La lumière aveuglante s'évanouit. Lorsque les témoins ouvrirent les yeux, la table et les joyaux avaient disparu. Il ne restait plus que le socle d'or richement ouvré qui avait supporté la lourde plaque circulaire. Pharaon tomba à genoux. Il posa son front nu sur les dalles et il pria avec ferveur jusqu'à l'aube du jour suivant.

Le récit de la quête des douze joyaux de la table solaire s'achève ici. Bien entendu, une grande fête fut organisée pour célébrer la réussite du sauveur de l'Empire. Avant de regagner leur monde, Sia et son fils Chery demeurèrent quelques semaines au palais royal de Memphis.

Dans les jours qui avaient suivi l'accomplissement de sa mission, Leonis avait eu l'air un peu triste. La sorcière d'Horus l'avait remarqué. Elle avait lu dans les pensées de son jeune ami, et elle s'était rendu compte que, même s'il n'avait pas la moindre intention de renier sa promesse, il souffrait beaucoup à l'idée de rejoindre les Anciens. Puisque la princesse Esa avait renoncé à lui, l'éventualité d'un exil, qui avait naguère été séduisante, prenait maintenant des allures de punition. L'enfant-lion était torturé en songeant qu'il vivait ses derniers moments en compagnie de Montu. Le fidèle ami de Leonis était également déchiré. En outre, il y avait Raya. Le sauveur de l'Empire ignorait encore que la servante l'aimait. Toutefois, Sia savait tout de cet amour secret que les jeunes gens n'avaient pas encore osé exprimer. Raya et Leonis étaient faits l'un pour l'autre. Par malheur, le départ de l'adolescent gâcherait tout. Bien sûr, le peuple de l'enchanteresse neût pas protesté à l'idée de recevoir Raya. Leonis avait obtenu le privilège d'emmener sa sœur. Il avait aussi été autorisé à gagner le monde des Anciens en compagnie de celle qu'il désirait épouser. Mais n'eût-il pas été cruel de séparer les jumelles? Pour cette raison, l'enfant-lion avait jugé bon de ne rien dire à la belle domestique des sentiments qu'il éprouvait à son égard. Il songeait aussi à Tati. La fillette adorait Mérit et Raya. Elle avait retrouvé Khnoumit et, à l'évidence, son existence la comblait de bonheur. Sia avait consulté son fils. Le grand sorcier d'Horus n'avait pas tardé à trouver une solution à ce problème. Puisque son père avait été un simple mortel, Chery n'était pas tenu d'observer les règles des Anciens. Il pouvait décider de demeurer sur la terre des hommes. Il avait donc avisé les gens de l'Agartha — car tel était le nom du mystérieux monde de Sia — que sa décision de quitter la terre d'Égypte dépendrait de la volonté des Anciens de libérer le sauveur de l'Empire des serments qu'il leur avait faits. Cette requête fut plutôt mal accueillie par le savant peuple de Sia. Néanmoins, puisque ces gens n'avaient aucun désir de perdre leur inestimable sorcier, ils furent contraints d'y accéder. L'enchanteresse fut peinée de quitter ses valeureux compagnons, mais son interminable et éprouvante aventure parmi les mortels se concluait de belle façon. Les dernières paroles que Sia glissa à l'oreille de Leonis furent:

— Dis-lui que tu l'aimes. Elle n'attend que cela.

Le grand cataclysme n'eut jamais lieu. Un an plus tard, Montu et Leonis s'arrêtèrent au bord d'une falaise qui surplombait la luxuriante vallée du Nil. L'enfant-lion indiqua un large canal d'irrigation qui scindait les terres d'un long trait miroitant. Il lança avec orgueil:

— Ce canal marque la frontière de notre domaine, mon vieux Montu. Nos champs s'étendent jusqu'à cette palmeraie que nous apercevons là-bas.

— C'est immense, Leonis! Serons-nous capables de gérer un domaine comme celui-là?

— La gentille Khnoumit nous aidera. Elle s'y connaît. Notre maison sera construite en bordure du canal. Menna se trouve actuellement à Edfou avec ses combattants; d'ici deux semaines, il viendra choisir l'emplacement où il compte bâtir sa demeure. Khnoumit et Hay veulent ériger la leur à proximité du grand fleuve. Les travaux débuteront sous peu… J'aime bien cet endroit. Nous habiterons près de Thèbes. C'est ici que je suis né. Et puis, je n'aurai pas à voyager durant des jours pour aller prier devant la sépulture de mes parents. Notre terre sera généreuse, mon ami. Nous y cultiverons de l'orge, de l'épeautre et peut-être même du lin. Nos silos à grain seront pleins à craquer!

La voix de Raya s'éleva:

— Vous avez de quoi être fiers, n'est-ce pas, jeunes hommes?

Montu et Leonis se retournèrent. Les jumelles gravissaient une faible pente pour venir les retrouver. Montu rejoignit Mérit. Leonis tendit la main pour prendre celle de Raya. Il déposa un tendre baiser sur son nez délicat avant de déclarer:

— Ma plus grande fierté, mon amour, c'est toi. Bientôt, les deux meilleurs amis du monde vont épouser les deux plus belles fleurs de la terre d'Égypte.

— J'ai très hâte de devenir ta femme, sauveur de l'Empire.

— Le sauveur de l'Empire est mort, douce Raya. La véritable histoire de Leonis commence ici. Tu l'écriras avec moi. Et ce sera la plus belle. Je te le jure.

FIN

LEXIQUE
DIEUX DE L'ÉGYPTE
ANCIENNE

Apophis: Dans le mythe égyptien, le gigantesque serpent Apophis cherchait à annihiler le soleil Rê. Ennemi d'Osiris, Apophis était l'antithèse de la lumière, une incarnation des forces du chaos et du mal.

Bastet: Aucune déesse n'était aussi populaire que Bastet. Originellement, Bastet était une déesse-lionne. Elle abandonna toutefois sa férocité pour devenir une déesse à tête de chat. Si le lion était surtout associé au pouvoir et à la royauté, on considérait le chat comme l'incarnation d'un esprit familier. Il était présent dans les plus modestes demeures et c'est sans doute ce qui explique la popularité de Bastet. La déesse-chat, à l'instar de Sekhmet, était la fille du dieu-soleil Rê. Bastet annonçait la déesse grecque Artémis, divinité de la nature sauvage et de la chasse.

Hathor: Déesse représentée sous la forme d'une vache ou sous son apparence humaine. Elle fut associée au dieu céleste et royal Horus. Sous l'aspect de nombreuses divinités, Hathor fut vénérée aux quatre coins de l'Égypte. Elle était la déesse de l'amour. Divinité nourricière et maternelle, on la considérait comme une protectrice des naissances et du renouveau. On lui attribuait aussi la joie, la danse et la musique. Hathor agissait également dans le royaume des Morts. Au moment de passer de vie à trépas, les gens souhaitaient que cette déesse les accompagne.

Horus: Dieu-faucon, fils d'Osiris et d'Isis, Horus était le dieu du ciel et l'incarnation de la royauté de droit divin. Successeur de son père, Horus représentait l'ordre universel, alors que Seth incarnait la force brutale et le chaos.

Isis: Épouse d'Osiris et mère du dieu-faucon Horus. Isis permit la résurrection de son époux assassiné par Seth. Elle était l'image de la mère idéale. Déesse bénéfique et nourricière, de nombreuses effigies la représentent offrant le sein à son fils Horus.

Osiris: La principale fonction d'Osiris était de régner sur le Monde inférieur. Dieu funéraire suprême et juge des morts, Osiris faisait partie des plus anciennes divinités égyptiennes. Il représentait la fertilité de la végétation et la fécondité. Il était ainsi l'opposé ou le complément de son frère Seth, divinité de la nuit et des déserts.

Ouadjet: Déesse-cobra. Considérée comme la divinité protectrice de la Basse-Égypte.

Rê: Le dieu-soleil. Durant la majeure partie de l'histoire égyptienne, il fut la manifestation du dieu suprême. Peu à peu, il devint la divinité du soleil levant et de la lumière. Il réglait le cours des heures, des jours, des mois, des années et des saisons. Il apporta l'ordre dans l'univers et rendit la vie possible. Tout pharaon devenait un fils de Rê, et chaque défunt était désigné comme Rê durant son voyage vers l'Autre Monde.

Sekhmet: Son nom signifie «la Puissante». La déesse-lionne Sekhmet était une représentation de la déesse Hathor. Fille de Rê, elle était toujours présente aux côtés du pharaon durant ses batailles. Sekhmet envoyait aux hommes les guerres et les épidémies. Sous son aspect bénéfique, la déesse personnifiait la médecine et la chirurgie. Ses pouvoirs magiques lui permettaient de réaliser des guérisons miraculeuses.

Seth : Seth était la divinité des déserts, des ténèbres, des tempêtes et des orages. Dans le mythe osirien, il représentait le chaos et la force impétueuse. Il tua son frère Osiris et entama la lutte avec Horus. Malgré tout, il était considéré, à l'instar d'Horus, comme un protecteur du roi.

PHARAONS

Djoser (2690-2670 av. J.-C.) : Second roi de la IIIe dynastie de l'Ancien Empire. Son règne fut brillant et dynamique. Il fit ériger un fabuleux complexe funéraire à Saqqarah où se dresse encore, de nos jours, la célèbre pyramide à degrés construite par l'architecte Imhotep.

Khéops (aux alentours de 2604 à 2581 av. J.-C.) : Deuxième roi de la IVe dynastie, il fut surnommé Khéops le Cruel. Il fit construire la première et la plus grande des trois pyramides de Gizeh. La littérature du Moyen Empire le dépeint comme un souverain sanguinaire et arrogant. De très récentes études tendent à prouver qu'il est le bâtisseur du grand sphinx de Gizeh que l'on attribuait auparavant à son fils Khéphren.

Djedefrê (de 2581 à 2572 av. J.-C.) : Ce fils de Khéops est presque inconnu. Il a édifié une pyramide à Abou Roach, au nord de Gizeh, mais il n'en reste presque rien. Probablement que son court règne ne lui aura pas permis d'achever son projet.

Khéphren (de 2572 à 2546 av. J.-C.) : Successeur de Djedefrê, ce pharaon était l'un des fils de Khéops et le bâtisseur de la deuxième pyramide du plateau de Gizeh. Il eut un règne prospère et paisible. La tradition rapportée par Hérodote désigne ce roi comme le digne successeur de son père, un pharaon tyrannique. Cependant, dans les sources égyptiennes, rien ne confirme cette théorie.

Bichéris (Baka) (de 2546 à 2539 av. J.-C.) : L'un des fils de Djedefrê. Il n'a régné que peu de temps entre Khéphren et Mykérinos. Il entreprit la construction d'une grande pyramide à Zaouiet el-Aryan. On ne sait presque rien de lui. L'auteur de *Leonis* lui a décerné le rôle d'un roi déchu qui voue un culte à Apophis. La personnalité maléfique de Baka n'est que pure fiction.

Mykérinos (2539-2511 av. J.-C.) : Souverain de la IVe dynastie de l'Ancien Empire. Fils de Khéphren, son règne fut paisible. Sa légitimité fut peut-être mise en cause par des aspirants qui régnèrent parallèlement avant qu'il ne parvienne à s'imposer. D'après les propos recueillis par l'historien Hérodote, Mykérinos fut un roi pieux, juste et bon qui n'approuvait pas la rigidité de ses prédécesseurs. Une inscription provenant de lui stipule: « Sa Majesté veut qu'aucun homme ne soit pris au travail forcé, mais que chacun travaille à sa satisfaction. » Son règne fut marqué par l'érection de la troisième pyramide du plateau de Gizeh. Mykérinos était particulièrement épris de sa grande épouse Khamerernebty. Celle-ci lui donna un enfant unique qui mourut très jeune. Selon Hérodote, il s'agissait d'une fille, mais certains égyptologues prétendent que c'était un garçon. On ne connaîtra sans doute jamais le nom de cet enfant. La princesse Esa que rencontre Leonis est un personnage fictif.

Chepseskaf (2511-2506 av. J.-C.): Ce fils de Mykérinos et d'une reine secondaire fut le dernier pharaon de la IVe dynastie. Pour la construction de son tombeau, il renonce à la forme pyramidale et fait édifier, à Saqqarah, sa colossale sépulture en forme de sarcophage.